艾梅洛閣下II世事件簿

4

Rail Zeppelin

「case. 魔眼蒐集列車（上）」

三田誠

插畫／坂本みねぢ

Kadokawa Fantastic Novels

艾梅洛閣下II世……鐘塔　現代魔術科　君主

格蕾……艾梅洛閣下II世的寄宿弟子

卡雷斯・佛爾韋奇……鐘塔 現代魔術科學生
伊薇特・L・雷曼……鐘塔 現代魔術科學生
化野菱理……鐘塔 法政科的魔術師
Characters

奧嘉瑪麗・艾寧姆斯菲亞……鐘塔 天體科君主之女

特麗莎・費羅茲……奧嘉瑪麗的隨從

卡拉博・佛藍普頓……魔眼蒐集列車的乘客

約翰馬里奧・史琵涅拉……魔眼蒐集列車的乘客

雷安德拉……魔眼拍賣師

羅丹……魔眼蒐集列車的車掌

Characters Lord El-Melloi II Case Files

「……妳、妳是？」
「嗯呵呵呵！在被人問起時談論雖然冒昧，
最近流行的魔眼女孩！
艾梅洛教室裡盛開的一朵鮮花，
伊薇特・L・雷曼正是人家！」

——節錄自第一章

艾梅洛閣下II世事件簿

4

「case. 魔眼蒐集列車（上）」

Rail Zeppelin

Kadokawa
Fantastic
Novels

Lord El-Melloi
II
Case Files

艾梅洛閣下II世事件簿

4 「case. 魔眼蒐集列車(Rail Zeppelin)(上)」

目錄 Contents

序章

「——那是我環遊世界時的事。」

那一夜，老師難得心情很好地拿著銀質酒杯。

我聽待了許久的學生提過，那種酒據說是來自希臘馬其頓地區，老師只會在特殊時刻開來喝。

地點在老師的公寓。

在放著垃圾、書籍與遊戲機，依舊一片雜亂的房間中，老師窩在唯一略微整齊的沙發上舉杯喝酒。

慶祝弟子之一——史賓．格拉修葉特晉升為典位(Pride)。

艾梅洛教室在鐘塔裡似乎也算優秀學生輩出，每當收到那一類的消息，老師臉上總會浮現喜悅、寂寞、不甘與痛苦相互混雜的表情。

像在注視著小鳥飛往他無法到達的地方一樣。

但這一刻的老師，神情難得不帶多少憂愁。

我不知道是因為十幾歲即就任典位在艾梅洛教室也是很罕見的喜事，還是因為對象是在學生中資歷最深——在鐘塔中也可說是老師由從頭教起的史賓，又或有更截然不同的理由。

因為如此，回到德魯伊街的公寓後，老師再度拿出酒杯與酒瓶。

然後，更難得地主動談起往事。

「當時在日本的爭端已經結束，不過直接返回鐘塔有失顏面，於是我用剩下的一點錢遊覽各地。大致上的旅程是從印度到波斯，再前往馬其頓。在那之前別說是日本，我連英國都不曾離開過，所見所聞都新奇得不得了……啊，不對，待在日本時老是吵吵鬧鬧的，追根究柢，獨自旅行本身就很新奇也說不定。」

從頸項到太陽穴一帶微微泛起紅暈，老師說道。

看到烏黑長髮不時遮蓋住泛紅的肌膚，我也突然發問：

「請問……旅途上沒有人陪伴的話，老師的頭髮怎麼打理？每天自己梳嗎？」

「哈哈，當時我留短髮。」

老師微微苦笑。

他轉動銀質酒杯。

芬芳醇厚的酒香也竄入我的鼻孔，讓人想到遙遠地中海的海水色澤。依照季節與太陽位置而定，那片海洋會變得像藍寶石般湛藍，也會像葡萄酒般嫣紅。

「唉，去旅行的話留短髮比較好。因為天氣炎熱的國家很多。」

老師點點頭，瞇細眼眸。

「剛出發時我提心吊膽的。實際上也曾遇到整個包包失竊的情況，急得淚眼汪汪。還跟當地幫派發生衝突，不得不依靠不中用的魔術逃走。對了，我之所以覺得自己能勉強在鐘塔謀生，或許是因為那時候經歷過好多次險些喪命的遭遇。」

那是什麼模樣呢？

無論是短髮的老師還是他淚眼汪汪的樣子，我都無法想像。然而，若要說這個人從一開始就是現在的面貌，我覺得一定並非如此。

這個人的存在方式怎麼樣也離不開無數的懊惱與矛盾。無論累積多少君主(Lord)的功績，也拂拭不掉的某種事物。原本明明是會化為屈辱與自卑感侵蝕人類心靈的事物，卻也支撐著老師。

宛如地基蓋歪了的積木。

明明搖搖晃晃，隨時都有可能倒塌，卻被半途添加的礙事積木卡住，維持了奇蹟般的平衡。

「嗯，希臘也不賴。那邊的氣候總是乾燥，他們的許多文化與這種酒之所以會讓人回憶起大海，是因為他們總是熱愛海洋吧。不單是因為位於地中海附近，而是愛著名為水的本質。」

老師仍舊窩在沙發上，酒味緩緩地飄散。平常飄散的明明是雪茄煙才對，這種微小的差異感覺極為異乎尋常。

「剛才聊到哪裡了……啊，在希臘的事情嗎？我在那裡第一次做出教導他人這種不知天高地厚的舉動。在前往幾處有緣之地的途中，我去向當地的管理人（Second Owner）問候，由於出自鐘塔的魔術師在那邊很少見，管理人請我指導他幾個兒子。哼，雖然要稱作教室規模太小，也沒有正規的教科書可用。」

「於是，老師成為了鐘塔的講師？」

當我這麼反問後，老師輕聲嘆息。

「我不經意覺得教導學生也不錯。實際上，我以為要很久以後才會去當講師，但返回鐘塔後被捲入各種事情中，就這麼糊里糊塗地開始了。」

他又喝了一口酒。

從香味來判斷，這種酒的酒精濃度應該頗高，今天的老師卻不斷拿起酒瓶倒滿。

「……是不是有點喝太多了？」

「女士，我的酒量雖然不強，但這點程度還不成問題。再說，在剛才的派對上，萊涅絲喝得比我還多十倍吧。」

「我認為萊涅絲小姐的酒量有點好過頭了……」

雖然在英國有監護人陪同的話，從五歲起即可飲酒，但她的酒量之好非同小可。據她本人所言，在社交界周旋時，擁有好酒量是個重要因素。話雖如此，她在艾梅洛教室成員齊聚一堂時，把參與打賭的傢伙統統喝倒後放聲大笑……看她那副模樣，果然也有點醉了吧。

總之，我悄悄地從老師手中拿走酒瓶。

「唔。」

「……再喝下去會妨礙明天的工作，那是最後一杯。」

「嗚～」

儘管表情活像個耍脾氣的小孩，他認命地只保住杯裡的酒。

接著，他忽然說出這樣的話：

「聽說上一代當家也在十幾歲時達到典位。」

我赫然屏住呼吸。

因為我立刻明白，上一代當家指的是誰。

第四次聖杯戰爭——為了得到能夠實現願望的聖杯，七名魔術師與英靈在極東相爭的案件。據說在那場戰爭中，上一代艾梅洛閣下曾與老師對立。

肯尼斯．艾梅洛．亞奇伯。

「升上典位，鞏固了上一代當家的神童名號。當時艾梅洛派除了亞奇伯，還有其他有力派閥，但他之所以能擊敗對手，接受了源流刻印移植，是因為到頭來所有人都不得不承認，老師所見的景色對魔術師而言正是理想吧。」

從前，老師針對上一代當家曾如此說過：

——「白白地喪失那麼出色的才華，到頭來，我一次也無法和那個人共享他所見的景色，這都讓我純粹地感到悲傷。」

據說他們的關係絕不算要好。

如同許多優秀魔術師一樣，上一代當家也遠非正人君子，根本沒把平凡無奇的學生（老師）放在眼裡。他應該絲毫都沒想過，那名學生後來竟然會自稱艾梅洛閣下II世……萊涅絲曾壞心眼地笑著。

縱然如此。

上一代當家的背影，一定還留在老師的眼底。深刻到每當有人問他作為魔術師的理想是誰時，會首先浮現於眼簾。

「啊……終於……」

他的語尾漸漸變得凌亂，帶著酒氣的呼吸融化在房間中。

「終於有一個……我的學生……到達那裡……」

話聲在此中斷。

老師頹然垂下頭，在沙發上睡著了。我或許應該稱讚他穩穩地將杯子放回桌上，沒將酒潑灑出來。

「…………」

我好一陣子沒有動作。

我注視老師低垂的側臉，輕輕觸碰他的臉頰。

也許是經常削減睡眠時間之故，他的臉頰有點凹陷。不光是為了學生和教室，他至今也不曾停止為了自己進行修煉。對欠缺血統和才能有所自覺的同時，這個人仍未放棄過任何事。

「咿嘻嘻嘻！現在想對他做什麼都行喔！不然試著親個嘴吧！」

我先用武力讓一如往常無聊地猛耍貧嘴的亞德閉嘴。

我替老師蓋好毛毯，坐在附近的地板上。雖然必須回宿舍，但今天留下來應該沒關係吧。我對自己找藉口。因為現在回去，到了早晨替他梳頭的時間一定起不來。

我抱住自己的毛毯，受不了毯子上沾染的雪茄味，同時注視老師歪向一邊的臉龐。

看見他的眉心糾起皺紋，我不禁再度碰觸他。

我努力想撫平皺紋，深刻的皺紋卻只是變淡幾分，不肯消失。

這個人大概一路以來，就像這樣一道一道地累積起皺紋吧。不逃離痛苦，也無法逃離自卑感，過於正直地——不，是保持愚昧地抬起頭。隨著覺悟與不甘的程度加深皺紋。

「……即使如此，也想相見嗎？」

我不禁說出當老師清醒時，說不出口的台詞。

我回憶起在上次案件的最後，老師拿起那件聖遺物時的背影。像那樣耗費一生思念某個人，是怎樣的心情？

（……至少……）

我在迅速襲來的睡意中心想。

要是至少我也能幫上忙就好了。

若能幫助像那樣思念某個人的人，也許我能有生以來首度感到自豪，我不禁這麼想。

——也許。

那一刻我有種預感。

自從來到倫敦，已經過了四個多月。

老師邀請我的理由。

據說來自鐘塔的人員已經選定，在極東的第五次聖杯戰爭。

好幾個因素錯綜複雜，即將收束成一個未來。

一定是那起案件讓我清楚地察覺——或者說終於被迫察覺到——這件事。

◆第一章◆

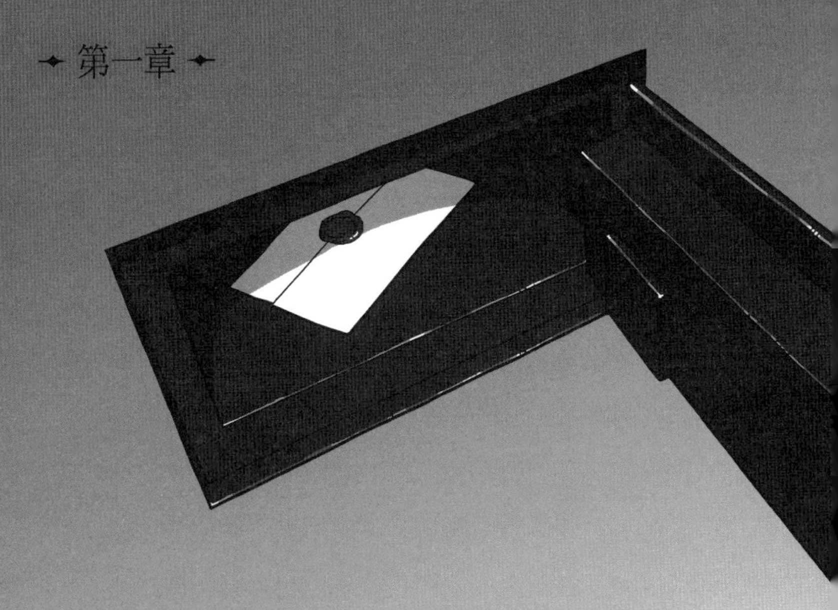

1

冬季來了，我走出宿舍時心想。

已至十一月下旬。現在才切實感受到這一點或許有點晚，畢竟這幾個月是我第一次正式在故鄉之外的地方生活。感覺乍暖還寒的寒意終於在一個地方安頓下來，落腳在這座以石塊與紅磚建成的城市。

呼～我吐出的氣息化為白霧。

聽說自然歷史博物館還有特別設置的溜冰場，我覺得有點心動，不過實在沒空去玩。

我戴上宿舍管理員克里希那塞給我的手套，走出玄關。

我踩著柏油路面，走向公車站。

搭上聞名的紅色雙層巴士。

我覺得近來引進的連接式巴士也像袋鼠親子一樣可愛，但舊車自有它的情調。由於輸送能力不足，車上在某些時段會相當擁擠，不過我也已經習慣了。

儘管我依舊對有這麼多的人活著的事實感到奇怪。

「…………」

我覺得自己也改變了一點。

換成從前，我光是看到巴士客滿應該就會躲開。

剛抵達倫敦的時候，我根本無法忍受數量龐大的人潮，都是一大早步行前往目的地。回想起自己因此沒辦法配合老師的行程，在各方面受到周遭眾人幫助的情況，我的臉頰猛然發燙。

無論是那般奔放的費拉特，還是平常只是看見我就喘著粗氣地發出威嚇的史賓，肯定都在種種方面關照著我。所以，如果我變得積極一點，想必是拜他們所賜。

我在郊外走下巴士。

當我朝馬路前進，一種冷冷的香氣竄入鼻中。

現在的我知道，那是一般人感覺不到的魔術結界之一。老師在課堂上教過，視覺上的幻覺不用多說，世上也有這種對嗅覺、聽覺，乃至觸覺、味覺發揮作用的結界。

同時，打破結界的訣竅在於冥想(Meditation)。

老師說不為構築結界的各種因素所惑，正確地掌握自己身在何處，正擺出什麼姿勢是冥想的基礎。我回想那堂課的內容調整呼吸，幾乎不去意識周遭情形，穿越馬路。

不久後，視野豁然開朗。

近代風的鏡面玻璃大廈與古香古色的建築交疊，形成宛如拼布的街景。即使不如遠方的布拉格黃金巷有情調，這安靜的街道(Street)確實散發出魔術「色彩」。

總之，這裡是現代魔術科（諾里奇）的學術城——所謂艾梅洛教室的大本營斯拉。

（雖然我覺得要稱為都市，規模未免太小了。）

我不禁露出微笑。

由於這四天住在倫敦總部上密集課程，更是加強了那種感受。畢竟那邊是不可動搖的鐘塔中樞——以三大貴族之一特蘭貝利奧所擁有的第一科（密斯托）為中心的現代魔術師大本營，將兩者拿來比較才可憐。

（……老師有梳頭髮嗎？早上有沒有睡過頭？）

走近時，不安突然刺痛我的心。

雖然他以前應該能自行打理儀容，可是老師很討厭麻煩。應該說，他一開始依靠別人就會輕易地墮落，本來做得到的事情也會變得做不到。或許放著他不管，使得他什麼事都能獨自處理，意外地才是身為寄宿弟子的正確態度。

我一邊心想，一邊從纏繞著爬山虎的坡道往十字路口直走，進入總部的教學大樓。

我從唯一用心裝潢過的大廳走上階梯，繞過走廊轉角時發現熟人的身影。

「萊涅絲小姐？」

「——哎呀，格蕾。」

頭戴藍色帽子的金髮少女轉過頭。

她仔細地看著我，一雙紅眸愉快地閃爍著。

「嗯嗯，今天也很好。在這種季節，妳宛如來自冬之國度的妖精。」

「……那、那個……」

我不知道該如何回應，忍不住低下頭。

是錯覺嗎？當我不由得糾纏起手指，投向我的視線似乎變得更愉悅。

萊涅絲掛著詭祕的笑容半晌，倏然轉向窗戶。

「不好意思，可以等我一下嗎？」

她越過窗戶注視著正在講課的老師。

我們站在教室旁。雖然上的是魔術課，這一帶的設施和大部分的大學並無不同。我聽說這裡為了預防實驗失敗與魔術師之間的鬥爭，建造得格外堅固，姑且引入了中等偏下等級的靈脈（Ley Line），但不是魔術師的我頂多只會偶爾感到皮膚發麻。

課程似乎正好結束了。

有些人吵吵鬧鬧地聚在一起，有些人獨自開始溫習授課內容，學生們隨心所欲地各自行動。一部分學生熱切地簇擁著老師，老師也用嫌麻煩的態度認真回答了幾個問題，然後走向我們所在的門口。

「……萊涅絲。」

他說完後停下腳步，眉頭皺得更緊。

老師一如往常地身穿西裝配紅色領帶，頭髮也有好好梳理過。嘴邊沒叼雪茄是因為剛

剛上完課，那股不悅的氛圍無庸置疑是我很熟悉的老師氣息。

然而。

（……奇怪？）

我不知怎麼地眨眨眼。

那是異樣感嗎？不只是眼睛下方帶著淡淡的黑眼圈，老師好像在更深層之處有什麼地方不一致。

「你好，兄長。」

「今天有什麼事？」

「沒事不能過來嗎？我是你惹人憐愛的義妹耶。」

「那還用說，沒事我當然希望妳不要來。」

「好過分。我不僅會傷心得淚濕枕頭，還會向你索取傷害少女心的賠償費喔。」

紅眸少女沒有半點受到傷害的樣子，開開玩笑。

其他學生似乎也怯於面對她，在遠處旁觀並竊竊私語，畢竟萊涅絲・艾梅洛・亞奇索特是艾梅洛派實質領袖——榮耀的艾梅洛閣下II世的後盾這件事廣為人知。無論是遭她盯上或受她厚待，都將被納入鐘塔的權力鬥爭（Power Game）中，人生顯然會走上窮途末路。徹底忽視這方面情勢的人，只有包括費拉特和史賓在內的寥寥數人。

然後萊涅絲微微壓低音量，以下巴比向窗戶彼端的一個人。

「更重要的是，我很在意一件事……那個是怎麼回事，我的兄長？」

「嗯？他是我上個月收的子弟，名叫卡雷斯．佛爾韋奇。」

我將目光轉向萊涅絲指的——有些其貌不揚的眼鏡少年。

不過，在成員大致上都是問題兒童的艾梅洛教室，那幅模樣反倒顯眼。

他正把玩著一個陶壺，反覆進行各種試驗。雖然手法看起來不怎麼俐落，他很明顯正真摯地專心投入其中。因人而異，說不定會很喜歡這種態度與側臉。

可是——

「我不是指這個。」

萊涅絲斷然否定。

她白皙的手指微微一動。

「我要問的是，為何那個什麼子弟拿著亞托拉姆用過的原始電池？」

「啊……」

我不禁瞪大雙眼。

仔細一瞧，卡雷斯觸碰的陶壺，不是酷似在雙貌塔伊澤盧瑪案件中與我們發生衝突的魔術師——亞托拉姆．葛列斯塔所用的原始電池嗎？

「哪有為什麼。」

老師搖了搖頭。

「費拉特那傢伙在上個案件時分析過那個術式。我順便徵詢過鐘塔，發現對方沒有申請專利的跡象，所以就由我加以理論化了。然後碰巧有個資質適合的學生，所以我試著教導他。妳瞧，很合理吧？」

「哪邊合理了！」

連我也能理解萊涅絲發出的悶吼。

對魔術師而言，魔術的奧祕價值足以跟自身性命相比。不申請專利並不是因為那種技術不值一顧，而是一旦申請專利就會在魔術師之間傳開。這麼做代表比起少許的利權，對方更加重視藏匿奧祕這件事。

……我再度徹底了解，老師不受大多數魔術師歡迎的理由。

老師作為魔術師的確沒什麼大不了。

若沒有發生費拉特碰巧分析了術式的偶然，他大概無法獨自模仿，說不定根本不會產生那種想法。但只要突破一些條件，這位老師會突然交出堪稱褻瀆的成果。

說到魔術的複製……在某種意義上正是破壞魔術。

「有時我的兄長深具君主風範啊。」

萊涅絲大大地嘆一口氣，閉起一隻眼睛。

「再說，那個石油王也不知道中意你哪一點，每週都會來兄長這裡露臉一次吧。」

「嗯，雖然不知道吹的是什麼風，他經常來找我，告訴我這次買下什麼咒體、採購了什麼禮裝等等。唉，儘管會炫耀，他說的都是些即使曝光也不成問題的消息。」

我也遇見過亞托拉姆一次，差點拿出亞德。

那名散發出中東氣息的魔術師以極度傲慢自大的態度，厚顏無恥地問我「我說，妳的主人有喜歡的東西嗎？可以的話，最好是能當成賄賂的玩意兒」。他在中意老師之餘，或許也把我視為朋友的所有物。我聽說除了同屬貴族者，從前的貴族並不認為其他人是人類。

咳咳，老師像找藉口似的清清喉嚨。

「我姑且有留意不在現代魔術科以外的地方使用。」

「用了還得了！」

第二次吶喊中蘊含真摯的音色。

正因為立場和平常相反，少女越發迫切地續道：

「……就算你哪天被人從背後捅了一刀，我也不管喔。」

我背脊一顫。

正因為已經在幾次案件中接觸過消逝的生命，我想像的光景太過鮮明——多餘的台詞不禁從自己口中脫口而出。

「到時候，我會保護老師。」

「哎呀。」

萊涅絲和老師轉頭看我。

這令我察覺到自己說了什麼，臉頰與耳朵猛然發燙。我渾身麻痺到指尖，差點要吐出心臟。

萊涅絲對我輕輕聳肩。

「只有寄宿弟子精神可嘉啊。把妳的勇敢分一成給兄長吧。」

「……我很感謝她。」

我聽見粗魯的聲調響起。

我實在沒辦法對上老師的目光。光是他沒嘲笑我那狂妄也該有個限度的發言，就是莫大的幫助了。

「那麼，說到我找你的重點——」

萊涅絲正要提出話題時，另一個聲音傳來。

「哎呀！是小萊涅絲！」

（……咦？）

我的腦海中一瞬間閃過問號。

在我所知的範圍內，會稱呼她為小萊涅絲的學生只有費拉特。明明如此，話聲卻是女聲。

我回頭一看，過度花俏的星形眼罩落入眼簾。

那女孩年約十六歲。她有一頭應該是染成的粉紅色頭髮，身穿典型蘿莉塔服裝。綴滿荷葉邊的雪白洋裝，讓她看起來與其是魔術師，更像偶像之類的人物。

「喔喔，傳聞中的小寄宿弟子也在！初次見面！」

眼罩少女開朗地握住我的手。

我被她壓倒性的興高采烈所震撼，不由得點點頭。

「……妳、妳是？」

「嗯呵呵呵！在被人問起時談論雖然冒昧，最近流行的魔眼女孩！艾梅洛教室裡盛開的一朵鮮花，伊薇特．L．雷曼正是人家！」

她舉起手在眼罩附近擺出橫向的勝利手勢。

「我原來屬於礦石（基修亞）科，這次申請終於批准，也會來艾梅洛教室上課！請多指教！」

「好……好的。我叫、格蕾，請多指教。」

「喔喔，這名字和妳的氣質很相稱！雖然聽說過老師有寄宿弟子，哎呀～小萊涅絲也好、我也好、這孩子也好，老師的後宮開得很大嘛！這下子，距離鐘塔最想上床的男子榜單第一名的寶座也近嘍！啊，順帶一提，現在你是並列第四名！」

「……是誰在做那種調查的？」

老師的眉頭皺得更緊，沉吟似的低語。

「哎呀，這是女生的祕密，即使對老師也不能輕易揭露！啊，如果你願意下次陪我來一堂私人的風流韻事課，那就未必如此。」

「不好意思，我要準備下一堂課。萊涅絲也是，晚點再聽妳說——格蕾，我們走。」

老師掉頭，快步在走廊上前進。

我朝被拋在原地的伊薇特她們鞠躬，慌忙跟了上去。

2

走進老師的個人房間，反手關上門後，我眨了眨眼。

這是與公寓截然不同的整潔房間。我至今來過許多次，跟前也放著我擦鞋時所用的鞋櫃及一套用具。我前陣子在宿舍請人介紹兼職的清潔工作，用薪水換了新的擦鞋用具。

然而。

（…………？）

果然有什麼不對勁。

我對照幾天前的記憶，差異在於一點灰塵與書籍、掌上型遊戲機的位置。老師在房間裡四處尋找遺失的資料在公寓是家常便飯，在斯拉的個人房間卻不常見。

再加上書櫃的書籍也一本一本整齊地重新收拾過，簡直像在掩飾搜尋的痕跡……

（……不。）

我暫時打住思緒，心想至少得緩解氣氛而開口：

「真是個活力充沛的人。」

我回想起方才的伊薇特，面露微笑。

她與費拉特在截然不同的意義上太有個性，令我震撼。雖然艾梅洛教室的成員當然都是些奇人異士，我認為她在這當中也是名列前茅。

老師對於這句話輕哼了一聲，這麼回答：

「當然活力充沛了。畢竟她甚至在第一次見面的自我介紹時，開朗地宣言『人家是梅爾阿斯提亞的間諜，多多指教』。」

「——呃！」

衝擊令我停止呼吸。

我聽說在鐘塔有幾個派閥。巴露忒梅蘿所率領的貴族主義，與特蘭貝利奧率領的民主主義。而作為中立主義之首，化為其代名詞的不正是梅爾阿斯提亞派嗎？

「咦，她是間諜，那麼……」

「沒錯。簡單來說，這是種牽制。雖然我們沒有值得隱藏的情報，對方也有先擺出態度的意思在。就算不並非如此，梅爾阿斯提亞派好像想和現代魔術科建立溝通管道。」

「……啊。」

我回想起在伊澤盧瑪的案件。

當時在場的巴爾耶雷塔閣下——位居三大貴族之一的老婦人給予老師很高的評價。萊涅絲說過，那同時是嘗試能否將算是貴族主義的艾梅洛挖角至己方派閥的操作。

那麼，梅爾阿斯提亞派有同樣的想法豈非也不足為奇？

「唉，對方應該無意做到挖角我們的程度。無論好與壞，都屬於騎牆派的梅爾阿斯提亞派沒有那麼大的膽量。所以，她才坦白自己是間諜以作牽制。」

「……對了，記得在伊澤盧瑪的時候，也有魔術師說過他是間諜。」

「與其在日後洩漏身分，迅速坦白並貫徹於情報交換是常用的手法之一。在這種情況下，來者與其說是間諜，更接近外交官。坦白身分或許是伊薇特自己決定的，不過即使身分曝光也無所謂這一點，應該也包含梅爾阿斯提亞閣下的意思。

無論如何，她設籍的礦石科原本是艾梅洛經營的學科。梅爾阿斯提亞派趁著上一代當家身故後發生紛爭之際侵占學科，將艾梅洛趕下台。當時他們大概估計我們會馬上消失，但既然我們已設法生存下來，他們應該會想懷柔我方，以避免發生全面戰爭。」

「……是這麼回事嗎？」

我沒自信地點點頭。

老實說，我有一大半都沒聽懂。在鐘塔展開的權謀詭計對我的腦袋來說過於複雜。我的確聽說過，在換成現代魔術科前，艾梅洛派掌管的是其他學科……

……只是，現在有一件事讓我更為在意。

「……老師，怎麼了？」

盡快完成整理行程等例行作業後，我下定決心開口：

「妳是指什麼事？」

老師一邊瀏覽資料一邊說。

雖然他的態度拒人於千里之外，唯獨這一次，我進一步觸及核心。

「你好像有些焦慮。」

我說出坦率的心情。

剛才亞托拉姆的原始電池也是，我認為平常的老師會更穩重地應付質問。那種將顧慮拋諸腦後的態度……和我認識的他有一絲不同。

儘管或許這才是我擅自臆斷。

「老師在鐘塔總部的課堂停課，在這邊好像也減少了教學時間。是有什麼擔心的事情嗎？」

「…………」

老師並未回答。

外面的聲音幾乎無法傳入個人房間裡，沉默令我耳膜刺痛。

「……難道說，是因為第五次聖杯戰爭快到了？」

「不是！」

我肩頭一顫。我應該有盡力沒將情緒表現在臉上。這純粹是在驚訝的結果浮現臉龐前，我已經渾身僵住之故。

即使有好一陣子喉嚨發熱而說不出話，我依舊竭力低頭道歉。

「對不起。」

我果然干涉太多了。

明明應該更加謹慎，卻忍不住得意忘形。

自大地以為若是在這時，說不定有我也做得到的事情。

「太陽已經下山，我回去了。」

我轉身握住門把。

就在此時——

「……等等。」

他叫住我。

「老師……？」

「…………」

沒有回應。

比起氣他叫住人又不講話，那股寂靜才讓我感到戰慄。

老師和平時沒有什麼不同——明明沒有不同，卻太過沉鬱。

甚至在我參與的幾樁案件中也不曾見過，那種彷彿削去臉上皮膚般的表情。

「抱歉，我說實話。」

老師開口。

我好不容易忍住想堵上耳朵的衝動，在心中有種無法承擔那般沉重事物的預感，與即使如此，我也想接受這個人所說的話的需求達成平衡。

天秤沒有完全倒向其中一邊，這樣的聲音傳入耳中。

「對我來說，是最重要的東西失竊了。」

感覺就像心臟被利刃刺穿一般。

不管願不願意，我都察覺到老師指的是什麼事物。覺得應該堵上耳朵的我，像惡魔般微笑著。

「那、是……」

「是某位英靈的聖遺物。」

我連問都不必問那是什麼。

讓此人成為此人的最重要零件。在伊澤盧瑪一案中，他為了拯救弟子費拉特和史賓，拿出來當賭注的物品。

我差點雙膝一軟，癱倒在地。

但我心想，應該崩潰的人是老師而不是我，這才總算忍耐下來。

「為、什麼……」

老師站起來，轉身面向牆壁。

「聖遺物平常保管在倫敦的鐘塔總部，但存放地點從上個月的伊澤盧瑪事件後轉移到這裡了。對，由於那場聖杯戰爭也快到了，我想盡量放在身邊管理。」

老師取下幾本書，露出書櫃背板，將掌心貼在背板上後詠唱極為簡短的咒文。

喀嚓一聲。

背板連同一部分牆壁打開，裡頭是隱藏式保險櫃。

連身為寄宿弟子的我都不知情的機關，讓我不由得眨眨眼。

「這是現代魔術科附屬的隱藏式保險櫃。因為即使用我的魔術上鎖也靠不住……這道鎖強度相應的極高。哪怕是其他君主，沒有充分準備也打不開。」

他將手貼上去後再度詠唱咒文，又插入從懷中取出的小鑰匙。

櫃子應該分別在物理及魔術層面都上了鎖。

保險櫃內放著一個信封。

「……但是，幾天前我確認時發現聖遺物消失，取而代之地放了這個信封。」

老師默默地遞出信封。

我接過來一看，看來是某種邀請函。

連我乍看之下也能推測，那封邀請函是依循某種古禮製成。

宛如水晶薄片的紙張上印著鮮紅的封蠟。以車輪和眼球為主題的印章，讓我聯想到老師以前教我認識的天使外型。不過在這裡多半與天使無關，只是歷史悠久的魔術象徵自然而然地相似。

信封內的書信也保持原樣，我以目光詢問老師是否可以閱讀，他微微頷首。

內容大致上如我所料。

信上以流暢漂亮的手寫體寫著：敬邀閣下參加我們的宴會，請您撥冗光臨，並在信末這麼署名——

「魔眼蒐集列車　代理經理留」

「這、是……」

初次目睹的名字散發出的不祥氣息讓我倒抽一口氣，老師則低聲呢喃：

「——魔眼蒐集列車（Rail Zeppelin）。正如其名，那是蒐集所有魔眼，持續在歐洲森林中行駛的列車，每年會展示精選的魔眼並舉辦拍賣會。」

「拍賣會？」

陌生的名詞讓我不禁皺起眉頭。

「請問……舉行拍賣會，代表想收藏魔眼的人有那麼多嗎？」

「那是當然，雖然也有人尋求魔眼是純粹當成研究對象，那輛魔眼蒐集列車具有更特別的意義。」

老師緩慢地深深坐進椅子。

他身上根深蒂固的疲勞彷彿立刻滿溢而出。

「特別是什麼意思？」

「就是移植。」

老師指著他的眼睛說。

即使如此，愚笨的我未能馬上理解過來。

我連連眨眼，慢了幾秒鐘後——

「……移植！」

我終於喊出聲。

「對，正如字面意思上的移植。魔眼原本是紮根於本人身上，光是摘除都難如登天，不過那輛魔眼蒐集列車是例外。那裡無視科學上的免疫機制及種種問題，不只摘除，更確實做到了移植魔眼這種驚人絕技。」

「…………」

我茫然地陷入沉默。

那究竟有多麼異常？

魔眼對魔術師來說應該是艷羨的目標。我記得連難以應付不完善魔眼的萊涅絲，光是持有魔眼就讓老師十分羨慕。總之，這不正是因為魔眼和魔術迴路一樣——屬於先天的才能嗎？

老師也大大地嘆了口氣。

他從懷中的雪茄盒裡取出雪茄，用放在桌上的雪茄剪剪掉茄帽。動作十分徐緩地以火柴的火焰摩擦點燃雪茄，靜靜地深吸一口。

濃重的煙霧在周遭飄盪。

「……我來講一段課吧。」

老師低聲呢喃。

也許是靠煙味轉換了心情，他的聲調恢復平常的沉著。

或者對老師來說，雪茄說不定也兼作為某種面具。用那種香氣與煙霧來掩蓋原本的自己。

「觀看是人類歷史上第一個魔術。因為在人類的五感中，視覺處理最多訊息。因此，在許多地方邪眼(Evil Eye)都為人所懼，同時自然界裡幾種神祕的現象也被解釋為眼睛。」

「自然界的現象嗎？」

「舉例來說，太陽和月亮。」

老師點點頭，指向天花板。

「兩者都有許多作為天之眼的傳說。埃及的荷魯斯之眼是極為著名的象徵，其右眼被比喻為太陽，左眼被比喻為月亮。民眾相信這些天之眼隨時在監視自己，一旦犯罪將遭到懲罰。太陽神經常具備司法性質也是出於這個緣故。因為實際上太陽在帶來巨大恩惠的同時，也會帶來旱災等災厄。

後來，這些象徵與基督教的三位一體連結，也漸漸連繫到全能的神之眼——即上帝之眼。哼，在這個過程中還牽扯到所謂共濟會的陰謀論就是了。」

老師的說明也包含外圍的超自然研究情況，說來奇怪，這令我感到有點放鬆。這個人作為講師這件事，看來對我而言已成為日常的一部分。

「這種自然現象，一般例子還有颱風眼。對了，妳也知道環繞颱風眼的雲稱為Eyewall（眼牆）吧。」

「啊……是的。」

我也點點頭。

「總之，風暴就是一隻眼睛。基於這一點，許多和風及風暴相關的神格都是獨眼。代表性的例子有凱爾特神話的弗莫爾族之王巴羅爾，以及北歐神話的奧丁。」

這兩個名字我不免都有聽說過。

邪眼之王巴羅爾與獨眼的魔術神奧丁。一個擁有一瞥就能殲滅軍隊的死之眼，一個據說是以單眼為代價，得到萬能知識的神靈。

「另外，大地也有眼睛。」

老師指向地板說道。

「大地有……眼睛？」

「是火山口。在黑夜裡散發紅光的眼睛，與邪眼的意象強烈重疊。雖然數量沒有風暴之神來得多，也有與大地相關的女神被賦予這種象徵性。希臘神話的戈爾貢——特別是梅杜莎就是這種例子。」

他吐出煙霧。

看著在室內飄蕩的灰色煙霧，我忽然想到火山口。滾滾冒出的火山瓦斯與硫磺的臭味，古代人相信在其中發出紅光的岩漿是大地的魔眼，心懷畏懼嗎？

天與風暴與大地。

分別各有魔眼。

如果真是這樣，我們的確一直生活在監視之下。

「或者，現代科學發現的黑洞也可以說是這類自然現象之眼。儘管古代說書人不可能知道其存在，從概念上來說，印度神話的濕婆化身——大黑天（Mah k la）此一面貌極為接近黑洞，接近到歐洲核子研究組織（CERN）都展示著同為濕婆化身的那塔羅闍像，據說是將基本粒子的活動比為那塔羅闍的舞蹈。總之，就是從同為濕婆面貌的兩個化身中發現了宏觀的魔眼黑洞，以及其內部微觀的魔力活動。」

「唔、嗯……」

儘管有一半都沒聽懂，但我唯獨理解到這是個壯闊得驚人的話題。

遙遠的宇宙之眼。

在我們的手無法觸及的遙遠彼岸也有觀測者，魔術和科學都在試圖盡可能接近其真實情況。

「……好了，談到這裡，鐘塔所說的魔眼分成幾種等級。若是極簡易的魔眼，也有能夠製作的造型師。當然那種魔眼很昂貴，而且未必會成功。」

老師靠在椅背上續道：

「但是，可以確實成功移植真正的魔眼——在天生的魔眼中也特別強大的高貴之色的地方，只有魔眼蒐集列車。考慮到稀有性及移植手術的成功率，連巴露忒梅蘿和特蘭貝利奧都會猶豫不決。對了，聽完前面的講解後妳應該明白。移植強大的魔眼，在某種意義上等於分離風暴或岩漿，封進他人體內。」

話題兜了一大圈後重回正題。

不過，這讓我終於切身感受到，移植魔眼是什麼樣的異常。這遠比單純的驚人絕技更加可怕，冰冷的恐懼彷彿令人戰慄地從身體深處擴散開來。

「不過，據說那個拍賣會只有一次被砸場過，好像是那位蒼崎橙子和她的使魔幹的。從此以後，列車的出沒地點好像不僅限於北歐，還擴展到歐洲各地。」

聽到突然出現的名字，我也不知所措。

那位和我們在雙貌塔伊澤盧瑪相遇——在某種意義上與凶手有關的——太過異端的冠位(Grand)魔術師。

「……如果是那個人……」

「的確如此。」

老師也不願回想似的皺起眉頭。

「反過來說，魔眼蒐集列車是若非那名冠位魔術師就難以應付的地方，甚至連鐘塔的魔術師都沒幾個人實際看過這封邀請函……為何留下這種東西代替那個呢？」

我聽見他咬牙的聲響。

那不祥的聲響蘊含著幾乎咬碎臼齒的強烈意志。在老師眼眸深處燃燒的熾烈火焰，讓我疑惑如此猛烈的熱情之前沉睡在何處。

「不過，我只能去了。目前除此之外，別無他法。」

他像在鞏固決心似的說道。

「格蕾。」

簡短的話語。

老師——艾梅洛閣下II世對我如此請託。

「妳願意陪我前往魔眼蒐集列車嗎？」

3

「——嗯，原來如此。」

萊涅絲掂起一顆巧克力，微微頷首。

美麗的金髮在優雅的間接光源下搖曳。

翌日，在她經常光顧的甜點店包廂內。

這家甜點店原本採用可在店內用餐的形式，不過好像只對常客出借特別的包廂。當我提出想和她商量老師的事情時，她指定了這個地點。老實說，格外奢華的家具及銀質餐具讓我坐立不安，但情況不允許我挑三揀四。

我先避免提及失竊物是聖遺物的核心，告訴她老師的委託。

不過，萊涅絲並沒有立刻提及此事，手中的叉子伸向桌上的蛋糕。

擺在桌上的每一樣甜點都像閃閃生輝的寶石。以糖做成的優美花卉與水晶、富含光澤的草莓與烤成黃褐色的蛋白霜，還有七層顏色各不相同的慕斯。配上甜奶油的香氣，某些人或許會斷言此處正是人間天堂。

「嗯。不管怎麼說，這海綿蛋糕濕潤又美妙。因為蛋糕體扎實，能充分品嚐到新鮮桃

子果醬的滋味。刻意選用芳香的努瓦拉埃利亞紅茶，又不讓兩者互相干擾的本領也令人嫉羨。」

萊涅絲喝了紅茶後歡喜地閉上眼睛半晌，接著悄悄將話題拋向我。

「格蕾妳不吃嗎？」

「當、當然要吃。我開動了。」

我慌張地拿起放在附近相對平凡的烤製點心，送入口中。

「————唔！」

先前她請我吃巧克力時也是一樣，味道可口得舌頭都嚇了一跳。

心情這麼緊張時明明很可能分辨不出味道，但那纖細的甜味與融於口中的柔軟依然傳達過來。甜點在舌頭上輕柔融化的觸感宛如解開一匹最高級的絲綢，抓準了甜到極限，卻絕不完全沉溺於甘甜中的界線。

「……呼……啊。」

「怎麼了？」

「沒……沒什麼。那個、甜點很好吃。應該說太好吃了。」

我的身軀忍不住顫抖。

我第一次知道，食物太好吃會讓人想手舞足蹈。光是克制隨時都會踏起舞步的雙腳，就已耗盡全力。我因為腳尖忍不住敲了兩三下地板而羞得滿臉通紅，萊涅絲則面露得意的

笑容，注視著我的臉龐。

「坦率是妳的優點，會取悅請客的人。不，其實再流下一點屈辱的淚水更符合我的偏好。妳瞧，女孩子的眼淚雖然是基本款，但無論品嚐幾次都很棒吧？」

呵呵，少女發出低笑。

這個人的這種口吻，讓人覺得她的確是鐘塔的居民。話雖如此，我並不感到厭惡。儘管我對於這樣的自己感到有點不可思議。

我一口接一口地吃著，拿甜點的手停不下來，中間還搭配附果醬的司康又喝紅茶……等我發出嘆息之際，萊涅絲切入話題。

「魔眼蒐集列車是即使在鐘塔，大多數魔術師也只聽過傳聞的存在。」

「……是。」

我微微頷首。

雖然沉醉於美味當中，那個名字足以讓我找回緊張感。

「既然兄長和妳受邀，我給妳一個忠告。他們邀請的客人應該有兩種，最好留意兩者的差異。」

「兩種？」

「因為魔眼蒐集列車邀請的人，應該有買家與賣家。」

「啊——」

我總算察覺到舉辦拍賣會，當然也會有賣家。

「移植魔眼，代表同時要摘除魔眼。對於難以掌控自身魔眼的人而言，魔眼蒐集列車在某種意義上也是救世主。畢竟魔眼這種器官過於複雜，有時連實力優秀的魔術師也無法靈活運用。」

萊涅絲觸摸自己的眼皮說道。

因為她也是魔眼的持有者。

「不好意思。」

少女從手邊的皮包裡取出眼藥水，點在眼球上後按住眼角。

也許是刺激性強，她連嘴角都往下撇，我忽然試著問她：

「萊涅絲小姐也曾覺得那雙眼睛是多餘的嗎？」

「沒有喔。在沒什麼長處的我看來，這是寶貴的武器，就算有點難控制也無意放手。而且還能用來欣賞兄長羨慕的表情。」

呵呵，少女晃動肩頭發笑。

她再眨了兩三下眼睛，在眼眸恢復藍色後說：

「——還有，另一個人你們怎麼要安排？」

「另一個人？」

「沒錯。列車的邀請函應該允許帶兩名同伴隨行。妳，以及另一個人。兄長打算帶誰去？」

「……我想果然還是艾梅洛教室的學生？」

順帶一提，費拉特老家那邊好像發生了什麼問題，已匆忙趕回摩納哥。另外，史賓剛剛晉級，好像必須接受在全體基礎科（密斯提爾）舉行的各種儀式。當然，艾梅洛教室中也有其他醉心於老師的人物，但我首先想到的果然是他們倆。

「嗯，在那兩人之後的人選，多半是潘泰爾姊妹或羅蘭德．派金斯基……說到底，兄長不願意讓學生涉及自己的事啊。」

萊涅絲懶洋洋地再吃了一顆巧克力，同時說出名字。

我也記得那三個人。

他們是老師的得意門生，馳名鐘塔的魔術師。特別是潘泰爾姊妹，偏執的性格與雙胞胎獨特的絕妙魔力同步，在艾梅洛教室中也很引人注目——而且讓老師很傷腦筋，使我留下印象。

「人選……由老師來決定。」

「說得也對。那麼，妳還有什麼操心事嗎？」

「……這個……」

我難以透露更多，不禁含糊其辭。

可是，這次萊涅絲主動切入話題。

「反正妳從剛才開始蓋住不翻開的牌，是那件聖遺物吧。」

「————唔！」

「哎呀呀，猜個正著？總之，剛才提到的邀請函放在聖遺物失竊之處不是嗎？」

「……為、什麼……」

我也發現自己不說出來的顧慮沒有意義，感到雙頰發燙，甚至想挖個地洞鑽進去。

相對的，萊涅絲徹底保持冷靜沉著，喝著紅茶補充道：

「我看到兄長的態度也知道是出了某些事。畢竟我們這七年來休戚與共，哪怕不願意也會漸漸熟悉對方的內情。再加上，我想不出有其他事情會讓那位兄長連我都保密，急到雙眼發紅。」

她聳聳肩，彷彿在說這是很簡單的推理。

然後，她再補上一句話。

「……妳煩惱的問題，比方說，是梅爾阿斯提亞派的間諜是不是偷走了那件聖遺物對嗎？」

「萊涅絲小姐。」

我不禁呼喚她的名字，萊涅絲則哼了一聲，抱起雙臂。

「是伊薇特吧。當她坦白自己是梅爾阿斯提亞派的間諜時，我也在一旁。」

聽她這麼說，梅爾阿斯提亞派的目的若正如老師所言是牽制，那不同樣告訴作為君主後盾的萊涅絲就毫無意義。煩惱著要不要吐露實情的我真是愚蠢。

「唉，包含她的雷曼家在內，他們是難纏的對手。不過我想這次可以排除在外。」

「是……嗎？」

「那件聖遺物我也看過一次。姑且不提學術價值，如果無意參加聖杯戰爭，那件物品對魔術師來說意義不大。因為那不像先前的齊格菲聖遺物一樣，其本身即為沾過龍血的頂級咒體。」

據說召喚英靈所需的觸媒，有許多都是與英靈生前相關的物品。

那些相關物品，有時本身就是魔術上的強大咒體，但單純只是古老遺物也不足為奇。老師保存的聖遺物，似乎屬於後者。

「況且，梅爾阿斯提亞派沒理由做到那種程度來挑釁兄長。他們在三個派閥中，實力本來就最弱，隨便打破均衡會處於劣勢的是他們。」

「……原來如此。」

我虛脫地鬆了口氣。失去線索固然可惜，但我不想認為老師的學生中存在那種叛徒，硬要說的話，感覺更接近安心。

萊涅絲瞇起眼睛看著我，忽然續道：

「妳不太適合鐘塔呢。」

「咦？」

「沒什麼……只是希望妳務必保持現在的模樣，因為這大概會成為天天胃痛的兄長的慰藉。嗯，所謂愉悅，關鍵在於掌控對方，使之苟延殘喘。若他在這裡猝死，我也很傷腦筋。喔，這個新產品也很好吃。起司加上檸檬的酸味嗎？」

少女說出極度可怕的發言，愉快地動著叉子。

「那個，萊涅絲小姐也有事要找老師吧？」

「嗯。不過，我的事情也差不多……這樣啊，兄長嗎？」

萊涅絲感慨地低語，吃下蛋糕。

她閉起一隻眼睛，好像在反芻方才我所說的話。

「先解開一個謎底吧。我的事情來自調律師。」

「調律師？」

「沒錯。他是兄長寥寥可數的老朋友。事到如今還以名字稱呼兄長的人，頂多只有他了。」

「咦？」

老師的名字。

不是艾梅洛閣下II世這個外號，而是他的本名。

不過，老師明明不准任何人用那個名字來稱呼他。

「他也只是擅自這麼喊而已。不，應該說是頑固地不改變稱呼方式？總之，他向我緊急報告，前陣子與兄長交談時覺得他不對勁。據他所言，因為兄長眉心的皺紋歪掉，他的小提琴也跟著變得怪怪的云云。該說這個人不愧曾在兄長啟程前往極東時借錢給他嗎？」

「那樣的人……」

「兄長因為上次的事件前往創造科（巴爾耶）露臉時，他趁機找兄長聊過了。真是的，明明自己開口就行了，男人就是這樣才無可救藥。」

雖然想詢問這方面的詳情，但我目前無論如何都很在意另一件事。

「是怎樣的英靈？」

「嗯？」

我下定決心，向挑起單邊眉毛的萊涅絲發問。

「我一直沒有問……曾在第四次聖杯戰爭和老師同在的英靈，是怎樣的人物？萊涅絲小姐知道嗎？」

少女簡單地用一句話回答這個問題。

「伊肯達。」

別名，亞歷山大大帝。

我當然也知道這位英雄。他和替發展至現代的歐洲打下基礎的查理曼大帝（Charlemagne）可以並列為最知名的英雄。

他的生涯從馬其頓開始。

受到大學者亞里斯多德薰陶的伊肯達在二十歲時繼承王位，遵照亡父的遺志，出擊東征波斯。他憑藉天生的領導力與軍事謀略，率領十萬大軍打敗大流士三世，迫使對方提議談和，但他依然沒停止前進。

在那之後的旅途宛如夢境。

他征服了沙漠國度埃及，被認可為法老，再向東進發。

與仇敵大流士三世再度激戰，掠奪巴比倫及波斯波利斯，再向東進發。

他率領許多士兵、國王、軍神甚至是大君，彷彿著魔般一股勁地向東前進。

他試圖看見什麼？

他試圖得到什麼？

我連想像也想像不到，曾經最接近稱霸世界一詞的大王有何想法。

聽說聖杯戰爭這種儀式會召喚人類史上眾多英雄，但沒想到老師的搭檔居然是這樣的人物。

（啊……）

我突然心想。

老師珍藏的美酒來自馬其頓，是這麼一回事嗎？

「哎呀，真是的，上演童話故事也該有個限度。據說那個聖杯戰爭是召喚七位英靈讓他們交戰，給予勝出的主人及英靈可以實現任何願望的聖杯的荒唐儀式，但萬萬沒想到會出現伊肯達。」

萊涅絲傻眼地說：

「總之，即使在在場的英靈中，其力量似乎也超越群倫……聽說他有兩個寶具。一個是供奉於戈爾迪翁神殿的戰車——神威的車輪（Gordias Wheel），或者說是駕著那輛戰車，踐踏敵人的跑法？」

少女解釋即使是鐘塔的調查，也並非直接看過英靈的狀態。她多半是在老師就任君主之際，詳細檢閱過那方面的資料。

「另一個寶具才驚人。伊肯達好像能夠召喚生前的部下們。對，就是一度幾乎真的征服世界的那支傳說軍隊。根據和上一代艾梅洛閣下的遺體一起送往鐘塔的資料記載，固有結界內產生出的士兵超過數萬人。」

「…………唔！」

老實說，這超乎我的想像。

我持有的亞德也——封印著據說昔日亞瑟王揮舞過的寶具——閃耀於終焉之槍（Rhongomyniad）。其威力是現代魔術師操作的神祕無法相比的。即使是青澀不成熟的我，一擊都能將剝離城（阿德拉）毀掉一半。

但就算是強大的英靈或寶具，能夠翻轉那麼龐大的數量暴力嗎？

「……縱然如此，老師也沒在第四次聖杯戰爭中勝出吧。」

「這代表第四次聖杯戰爭中有還在他之上的怪物。真是個出乎意料的世界。再怎麼說都位居君主還去參戰的上一代當家也是如此，我也完全不明白試圖參加第二次的兄長在想什麼。」

或許是看穿了我的想法，萊涅絲搶先面露苦笑。

眼前的蛋糕也吃完了，她最後喝完茶湯澄澈的紅茶並站起身。

「在你們搭上魔眼蒐集列車的期間，我會尋找那件聖遺物。另外，這個妳拿著。」

「這是？」

我不禁眨眨眼。

少女白皙的手將一張黑色信用卡和一台手機放在桌上。

「就算是用來找回聖遺物的手段，參加拍賣也需要資金吧？反正兄長不到最後關頭大概不肯收下。他似乎瞞著我四處討錢，真操勞啊。不過由於他最近表現活躍，老好人諾里奇卿好像出了一些錢。」

「萊涅絲小姐……！」

我的聲音不禁變調。

相對的，少女彎起食指抵著下巴，惡作劇似的呢喃。

「咯咯咯。無論怎麼說，這可是讓他慢慢償還的債務一口氣加倍的機會。盡量在兄長走投無路時交給他吧。對了，手機是給妳的贈品，希望妳自由使用。至少在拍賣會舉行前後，應該會開放和外界通訊。」

這算可靠？還是邪惡？

因魔術藥變藍的眼眸閃閃發光，萊涅絲．艾梅洛．亞奇索特優美地微笑著。

二章 ✦

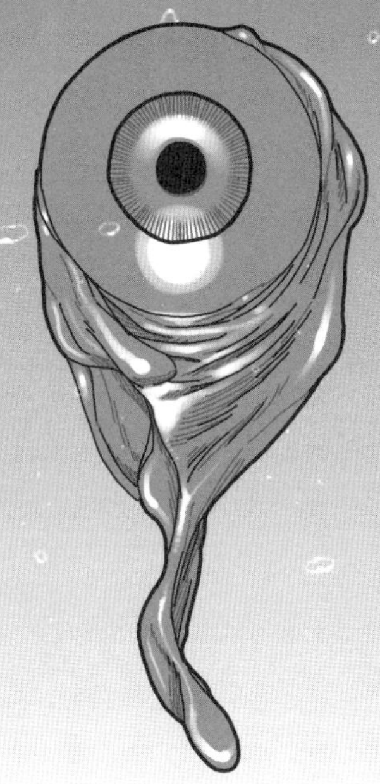

1

那一夜，霧氣極為濃重。

缺了幾許的圓月也僅僅灑下一絲銀光，滲入雲層。在深夜的此刻，路上沒有行人往來的氣息，凍結般的寂靜侵蝕黑暗。

三天後。

邀請函上指定的地點，是郊外的老車站。

此處在多次更改行駛路線時淘汰，早已喪失作為車站的功能。站內當然也已經關閉，唯獨保留著作為「車站」的外貌。建築物入口自然遭到了封鎖，老師卻不以為意地跨越柵欄踏入車站內。

只是，我不禁停下腳步。

單純的廢棄車站入口，只有今天看來像通往煉獄的——巨大怪物張開準備嚼碎粗心闖入者的血盆大口。

「老師……」

「別擔心。」

老師簡潔地說。

受到那句話鼓勵，我也翻越柵欄。

「那個……」

另一個人從我身後出聲。

人影立刻從黑夜中浮現，化為眼鏡少年的身形。

「謝謝老師帶我同行！」

卡雷斯．佛爾韋奇。

先前向老師學習亞托拉姆原始電池技術的學生。我聽說他十八歲，但或許是臉上長著雀斑的緣故，看起來意外地孩子氣。

「什麼帶你同行，是你不請自來吧。」

老師冷冷地嘆息。

聽他指出這一點，卡雷斯低頭垂下肩膀。

「……我為偷聽談話這件事道歉。」

「我不是在責怪你。畢竟那本來是費拉特設置的機關。」

那個原始電池是費拉特解析過的術式，經由老師協助後重現的產物，不過，那名少年當時似乎在術式中加入針對老師的竊聽魔術。只是他設置之後遺忘了那個術式，導致碰巧發現的卡雷斯聽見我與老師的對話。

做到那種地步，本人卻忘記這件事返回故鄉，該說確實很符合號稱「天才傻瓜」的少年特色嗎？

「不管人在不在身邊，那傢伙都會到處製造麻煩。」

老師氣憤地皺起眉頭。

唯獨這種反應很像平常的老師。我好像還聽到他小聲地用粗話咒罵，不過就假裝沒聽見吧。

「對不起。即使如此，我怎麼樣也無法忽略魔眼蒐集列車這個字眼。」

卡雷斯一臉歉疚地說。

近來我周遭的人道歉時都抬頭挺胸或絲毫不感到抱歉，在某種意義上，這也是很新鮮的反應。

說不定是因為這樣。

「……你為什麼那麼在意呢？」

我忍不住主動發問。

於是，卡雷斯為難地搔搔臉頰。

「因為我一直認為自己無法成為魔術師。」

「無法成為魔術師？」

「我的姊姊太優秀了，我一直是個備用品。當身體有問題的姊姊萬一病倒時，需要的備用品。」

他說出帶著自嘲意味的台詞。

然而，作弟弟的他眼中有像字面上的不甘心——以及大約等量，近似於自豪的感情。

「可是，結果姊姊沒有繼承家業。明明大家都說她去鐘塔也必定會成功，她卻拋下那一切出走……最後，改由我繼承魔術刻印。哈哈，話雖這麼說，姑且不論姊姊，佛爾韋奇家本來就是江河日下的家系。」

他苦笑著聳聳肩。

「所以，凡是有我能學習的東西，我都想盡量學習。儘管沒有錢移植魔眼，既然魔眼蒐集列車這種事物真的存在，我想親眼目睹。」

少年明確地斷言。

只是因為那裡有他能學習的東西，所以他想學習。

（……意外地很像魔術師？）

我也那麼想著。

老師沒有在這個危險局面拒絕讓他同行，也是看在少年洋溢的熱誠份上吧。不，搞不好激起熱誠的自卑感，對老師來說是無法將他棄之不顧的因素。

……因為我也對那個部分有所共鳴。

「自我介紹結束了？」

老師向我們開口。

他不知何時拿出雪茄，任煙霧冉冉飄盪，好像在等我們說完話。這個人奇妙地循規蹈矩的一面真的很難懂。

「對了。」

我拋出話頭。

「為什麼老師也戴眼鏡呢？」

「這是魔眼封印。因為匆忙準備，對方可是趁人之危，獅子大開口啊。」

老師推了推眼鏡中梁，不悅地這麼說。我記得魔眼封印是應付魔眼的禮裝。

「我不可能不對魔眼蒐集列車做任何準備。瞪一眼就讓心臟停止跳動還算好的，如果被強行締結什麼不倫不類的『強制』或『契約』，那會連哭都哭不出來。」

好像有幾種魔眼會跳過儀式等過程及階段，只將結果強加於作用對象身上。老師的眼鏡似乎是因應這種魔術的措施。

無論如何，戴上眼鏡的老師很少見，讓我不由得直視著他。

不過，老師快步走入車站內部。

幾道人影分散落在昏暗的月台上。

（他們同樣是……受邀賓客？）

不知道是什麼樣的機關，一兩盞理應遭到廢棄的瓦斯燈投射出光線。

薄霧彷彿要遮蓋朦朧的燈光般籠罩四周，整然的石造拱門並列，大小不一的人影各自佇立。那種風情本身簡直像百年前的昔日景象。當時的民眾對於冒出大量濃煙的火車頭到底有何看法呢？

接著，一個人影發現我們，走了過來。

「許久不見，艾梅洛閣下II世。」

「……妳、是……！」

我不禁屏住呼吸。

我不可能認錯那布料上描繪著繽紛花卉的民族服裝——記得是叫友禪振袖的服飾。戴眼鏡的美麗女子沉穩地嫣然微笑。

「……我就覺得會遇見妳……」

老師說出開場白。

「妳會過來，代表法政科有插手魔眼蒐集列車的拍賣會嗎？」

「法政科……！」

我感受到背後的卡雷斯也僵住不動。

這也難怪。不屬於鐘塔的十二個研究方針，十二科的任何一科——從外側監視魔術協會的第一原則執行局——法政科。不同於同樣追求神祕的魔術師們，屬於管理、控制神祕一方的其中一人。

化野菱理。

從前在剝離城阿德拉遇見的她，再度現身。

「不，今天我是來處理個人事務。」

菱理搖搖頭說道。

我實在無法置信。因為在上次的案件中，這位女性在某種意義上是超越凶手的幕後黑手。就算並非如此，經營鐘塔的法政科在思想及方向上也不同於其他魔術師。感覺就像突然有人遞來一杯下了毒的葡萄酒一樣。

不過，現在沒有時間探詢此事。

因為廢棄的月台上響起另一道清澈的嗓音。

「——我正想著不只法政科的老鼠，連哪邊的君主都來了，原來是傳聞中的現代魔術科啊。」

我回過頭——視線需要稍微往下看。

年約十一二歲，美麗的少女驕傲自大地揚起下巴，以手指梳理艷麗的銀髮，琥珀色的眼眸瞪著我們。

「哎呀……」

老師眨眨眼。

他將雪茄收回雪茄盒，彬彬有禮地低頭致意。

「久疏問候，女士。」

「哼。即使是現代魔術科的傀儡，至少也記得我的長相吧？」

少女吐出與年幼不相稱的辛辣言詞。

雖然這是如假包換的事實，能對好歹身為君主的老師當面拋出這等狂言的人並不多。

「……這位是？」

注意到我的呢喃，銀髮少女將手放在胸前，報上姓名。

「我叫奧嘉瑪麗。奧嘉瑪麗．艾斯米雷特．艾寧姆斯菲亞。」

這個名字有些熟悉。

老師補充道：

「艾寧姆斯菲亞。也就是天體（艾寧姆斯菲亞）科君主的女兒。」

「君主之女……！」

我不知道費了多大的工夫才忍住沒喊出來。

法政科與新出現的君主之女。

光是這個事實，就讓我覺得此地彷彿化為異界。老實說，我之所以沒感到暈眩，是因為背後的卡雷斯受到更大的衝擊，驚訝得雙眼圓睜。就算聽過魔眼蒐集列車的威名，他肯定想不到有如此重量級的受邀賓客。

「我知道。你是上一代君主——肯尼斯．艾梅洛．亞奇伯的替換品，被強行塞進艾梅洛派的活祭品對吧？」

聽到突如其來的帶刺言詞，老師也不怎麼心慌意亂。

「這直率的口吻不像鐘塔的特色呢。年輕的艾寧姆斯菲亞家族成員也難得會下山。」

「沒什麼。我們彼此將時間浪費在這種事上也無濟於事。那麼，你有看中的魔眼嗎？」

奧嘉瑪麗露出凌厲的眼神發問。

那毫不考慮我們感情的態度讓化野菱理也無意介入，僅僅帶著一絲愉悅瞇起眼睛。

對此，老師並未正面回應。

「……這個嘛，不好說。」

他含糊其辭。

「哼。就算有，你也不可能說出來吧。在拍賣會前不能透露訊息。」

「這可未必。只要雙方看中的魔眼不同，也有可能會減輕負擔。妳不也抱著這種意圖嗎？」

老師的應對始終沉著穩重。

我覺得有點不可思議。平常的老師即使不至於挑釁，回答時明明經常摻雜著挖苦和諷刺，此時的語氣卻有些溫和。

正當我不禁疑惑地歪著頭——

「——奧嘉瑪麗大人。」

新出現的高長人影走向我們。

那是一位頭梳高髻，身穿紫色大衣，年約二十五歲的女性。從她腰際佩帶的柔韌皮革教鞭來看，大概是家庭教師之類的吧。玳瑁眼鏡與她古典的服裝風格非常相稱。

（……那副眼鏡也是魔眼封印？）

從外觀看不出來。

這麼說來，我終於發現菱理的眼鏡也有同樣的可能。純粹是我很遲鈍，魔術師們已做好了許多準備。對他們而言，戰鬥在碰面前就展開了——或是結束了吧。

他們就像這樣一直持續至今吧。

「兩位是艾梅洛閣下II世與化野菱理大人吧。我是奧嘉瑪麗大人的隨從，叫特麗莎・費羅茲——來，大小姐。」

「做、做什麼，特麗莎？」

「打擾了，之後再正式問候諸位。」

特麗莎和奧嘉瑪麗匆匆轉身離去。

自稱特麗莎的女性離開之際，大衣下襬裡微微露出某個像裝飾品的物品，吸引了我的目光。

（咦？）

我眨了眨眼。

也許只是碰巧從我的角度看來是如此，那物品怎麼說呢，對……

（好像造形……很猥褻。）

我摀住在兜帽下發燙的臉頰，連連搖頭。

一定是錯覺吧。話說，這與我無關。雖然吞嚥的口水跑進氣管嗆到，我臉上勉強維持抱著平常心的表情。

一旁的卡雷斯開口：

「老師不生氣嗎？」

「生什麼氣？」

「就算是君主之女，我認為她剛才的態度很過分。」

「喔，因為那種程度的攻擊就發怒，那會沒完沒了。不，或許我反倒對表現出那麼簡單易懂的敵意的人有好感。魔術師更害怕懷抱著善意接近的對象。」

「哎呀，你是指誰呢？」

菱理面露微笑，但老師沒理會她，往下說道：

「而且，我身為傀儡是事實。她和萊涅絲長大以後應該會到法政科上學，細節的訂正由萊涅絲來做就行了。」

「……！是這樣嗎？」

我有點驚訝，不禁插嘴發問。

「沒錯，大多數君主都會前往法政科上學。經營鐘塔的帝王學就是那裡學習的。從這層意義來說，我希望和她相處融洽。」

「是啊，那是當然。」

菱理點點頭，這次老師也不情願地點頭回應。

從某種意義來說，他們或許很合得來。

「但正如你所說，閉門不出的艾寧姆斯菲亞會下山很少見。他們有很想弄到手的魔眼嗎？」

「天曉得。若是他們，應該會花錢買魔眼吧。」

老師輕聲低語。

我瞥了一眼，在目光所及之處，除了奧嘉瑪麗還有幾個人影聚在一起。

只是看不清楚。瀰漫的霧氣最後將月台染白，甚至連眼前的視野都朦朧不清。

「霧變濃了。」

菱理呢喃。

倫敦常被稱為霧都。

實際上，倫敦在冬季也經常起濃霧，不過這個別名另有原因。

那就是霧霾。大約十九世紀以後，隨著工業革命，大量消耗煤炭燃料，煙與煤灰摻雜在霧中，形成連數公尺前方都看不清的濃密霧霾，籠罩著大英帝國首都。

可是，目前包圍我們的不是那種東西。

儘管濃密得遮蔽視線，卻不帶任何髒汙和惡臭。唯有純粹的白不斷擴散。悄悄伸出手的話，是否能紡出天上的絲綢？這種童話般的幻想一時間困住了我。

於是，聲音不是在不久後傳來嗎？

撼動霧氣，宛如歌劇，響徹四周的聲音。

「汽笛……」

我也呢喃。

應該早已廢棄，令人懷念的古老音色。那震動直達腹腔的聲響，是現代電車已經失去的事物。

光線劃開霧氣。

優美的車輪出現在軌道上。

濛濛冒煙的火車頭接著現身，不久後顯露出雄壯的整體。深灰色的車身無比威風，甚至像是在迷霧大海上航行的軍艦。就連據說只因為許久以前詛咒過神明一次，就永遠在大海上漂流的幽冥飛船傳說也和那輛火車相重疊。

太過時代錯誤。

太過荒唐無稽。

然而正因為如此，才與這個舞台相稱。

在場的魔術師們一定也這麼想。

「……魔眼蒐集列車……！」

我不知道那聲呻吟是誰發出的。

2

列車緩緩地停下，裝飾典雅的車門開啟。

也許連車門開啟方式都徹底遵照著主人的審美觀，宛如列隊騎士在行禮。老師毫不遲疑地邁開步伐，我與卡雷斯、化野菱理也跟了上去。

忽然間，清爽的果香傳來。

我們進入的車廂中央擺著一張大桌，桌上堆著五顏六色的水果。一名頭戴白帽的男子坐在附近的椅子上，伸手拿起充滿光澤的蘋果，連果皮一起咬下。

他咀嚼完蘋果後，轉頭面對我們。

「啊，追加的受邀賓客來啦！」

「……你不是魔眼蒐集列車的服務人員吧。」

老師狐疑地說，男子則大大點頭。

「當然不是！話說，看我這身打扮還認不出來嗎？」

他拍拍雅緻的亞麻白夾克，口齒格外流暢地說著並站起身。

看到男子將手刀抵在胸前的獨特姿勢，卡雷斯沉吟著歪了頭。

「咦，我好像在哪裡看過……記得是喪屍……」

「YES！」

聽到少年的低語，男子的手伸進懷中。

他旋轉(Spinning)從懷中掏出的手槍。不顧錯愕的我們，轉著左右兩手的手槍並交錯，朝頭頂一扔後在背後接住，自由自在地操縱著手槍，最後在眼前擺出俐落的舉槍姿勢。

「約翰～馬里奧！史琵涅拉的！喪屍烹飪秀！今天也跟約翰馬里奧一起享受烹調烤焦喪屍的樂趣吧！」

招牌台詞也說得精彩，是連一流藝人也得甘拜下風的表演。

然而很抱歉的是，我和老師都完全無法理解他的哏。

「咦，你們不知道約翰馬里奧的喪屍烹飪秀嗎？」

「……很可惜，我不常看綜藝節目。」

老師的電視實際上是遊戲專用機。

在我的房間，電視大致上也化為擺設，除了看氣象預報，頂多只有偶爾看費拉特借給我的奇妙電影時才會打開。

相對的，唯有卡雷斯聲調略帶興奮地說：

「那是倫敦小眾電視台意外熱門的節目。每次都會雙槍連發，擊倒精心製作的特效喪屍烹飪。他的拿手絕活是用把喪屍腦袋敲成兩半的平底鍋，直接煎三磅重的牛排——約翰馬里奧・BUSTER！」

到底為什麼要一邊打喪屍一邊煮菜？雖然我這麼想，但吐槽這一點大概很不識趣。另外，我不擅應付的是沒有肉體的幽靈，對喪屍倒不介意。

無論如何，我沒辦法完全接受他提供的訊息，愣愣地呢喃。

「魔術師、上電視？」

「並非沒有這種例子。像植物科（尤米納）的安謝洛特，從很久以前起就對電視媒體暗中施加影響。」

老師對發愣的我補充說明。

這方面原本是法政科的擔當職務，但好像絕非他們的專利。各派閥中也有想親手控制訊息——這種在原本的魔術師眼中很庸俗的思想，結果導致魔術師之間也會發生緊鄰表面社會交鋒的情況。

話雖如此，擁有冠名節目的魔術師肯定是稀有的存在。

「……那麼，那邊的先生是？」

老師的目光轉向桌子另一頭。

另一個沉默寡言的人影坐在那裡。

一位年齡看來足足超過七十歲的——黑種（Negroid）人老人，眉毛部位有一道割傷的舊疤，給人黑手黨般的印象。

他從一串葡萄上摘下一兩顆果實送進口中……

「我是卡拉博・佛藍普頓。聖堂教會成員。」

然後悄然低語。

除了約翰馬里奧，所有人都一陣緊張。

聖堂教會正如其名，是以全世界擁有最多信徒的「普遍」宗教為基礎的組織，不過在許多層面都和魔術協會敵對。因為相對於意圖親手管理神祕的魔術協會，聖堂教會的立場是意圖將自己以外的神祕悉數毀滅。

卡雷斯將手伸進上衣懷中，而仍然保持微笑的菱理退後一步，拉開距離。

老人也輕輕握起拳頭。

到目前為止相互殘殺過無數次的歷史彷彿盤旋於雙方之間。甚至連平常不參與魔術戰的老師都僵住了表情。

新的聲音打破了那股緊張。

「——哇哇！艾梅洛II世老師居然也大駕光臨，太感激啦！」

天真的蘿莉塔風格少女拍著手。

只是，我們並非第一次見面。

「鏘鏘～！艾梅洛教室志願當情婦的小伊薇特來嘍～！」

「……伊薇特……」

這次老師難以承受地按住胃部。

「妳也收到、邀請函……」

「沒錯！呵呵呵，因為如同各位所知，雷曼家是魔眼的名門！在魔眼蒐集列車拍賣會當常客是理所當然的！啪嚓！」

她連最後的狀聲詞都刻意說出口，擺出橫向的勝利手勢。

雖然不知道該從哪裡開始吐槽才好，總之充斥在火車上的殺氣好像緩和下來了。名叫卡拉博的老人鬆開拳頭，卡雷斯的手也緩緩放下。旁觀的約翰馬里奧也小聲地吹著口哨，坐回椅子上。

「喔，沒想到卡雷斯也在！怎麼？你是老師的跟班？」

「……不、不是，雖然我拜託過老師是事實。」

「喔喔～！嗯～劈腿可不行喔，老師。啊，不對——你們搞男色的話，人家也不算爭奪老師了，所以不要緊吧？要是人家的3P技巧不好，就抱歉嘍。」

「……他媽(Fuck)的。」

這次老師爆出沒辦法假裝沒聽見的粗話，摀住臉龐。

「話說，志願當情婦的設定是從哪裡冒出來的？」

「當然是現在！來自人家小巧可愛的胸口！啊，老師想摸摸看了？好啊，你這個蘿莉控！」

「很好，妳給我閉嘴。可以的話，現在就從那扇車窗跳車吧。」

老師警告得意地挺起胸膛的少女，轉移視線。

不是別開視線。

而是在不知不覺間，一名消瘦的男子佇立於車廂中央。

消瘦的男子身穿應該是魔眼蒐集列車職員服的黑色制服，俯視著銀色懷錶。

「好的。今夜列車也得以按時運行，這也是多虧各位合作的成果。」

不顧一片騷然的魔術師們，他滿意地頷首。

車門在我們背後關閉。

伴隨著汽笛聲，蒸汽機尖銳地響起。

我們乘坐的小世界極為緩慢地漸漸加速駛動。

於是，就像被那股速度搖晃一般，消瘦男子低下頭。

「我是本列車的車掌，羅丹。打擾各位暢談的雅興了。」

他報上和那位著名雕刻家相同的名字。

不只我們，從另一側入口上車的奧嘉瑪麗等人似乎也沒發現那名男子。簡直像剛才從列車空氣裡滲出來的陰森車掌清清喉嚨。

「本列車預計用四天三夜繞行霧之國一周後返回倫敦。在這段期間，請各位慢慢鑑賞魔眼收藏品，將於第三天舉行各位迫不及待的拍賣會。要立刻移植得標的魔眼或放在手邊保管都無妨。是的，移植不會花多少時間，請放心。相對的，欲展示魔眼的客人，請在後天——第三天傍晚前來找我們——找我羅丹開口亦可。」

「——也可以來找擔任拍賣師的我，雷安德拉。」

出現在他身旁，穿著毛皮大衣的女子行了一禮。

女子同樣顯眼到令人疑惑為何一直沒發現她的程度。

她留著一頭超短髮，擁有苗條的模特兒身材。不僅如此，眼睛部位還被纏繞的皮帶遮住，但不知道是用什麼手法，她在行動上看不出有任何不便。不，考慮到伊澤盧瑪一案中的白銀公主也雙目失明，這種程度的事情或許不值得驚訝。

不過，即使如此。

在駛動的列車上，我莫名害怕得不得了。

我滿腦子都想著，在這輛命名為魔眼蒐集列車的火車上，那名封住自己雙眼的女子彷彿在暗示往後的旅程。

「接下來，我為各位介紹客房。請往這邊走。」

自稱羅丹的車掌這麼說道後，再度點頭致意。

*

他介紹的客房（Compartment）出乎意料的舒適。

畢竟一節客車廂奢侈地只劃分為兩三間客房。雖然火車本身的寬度有限，簡單的家具配置令人感覺不出擁擠。規則好像是一封邀請函分配一個房間，卡雷斯、老師與我三人份的床都放在客房內，即使如此也不構成任何問題。

瓦斯燈的光芒朦朧地照著室內。

我坐在看起來很高級的沙發上，按住太陽穴。

卡雷斯注意到我的動作開口：

「妳還好嗎，格蕾小姐？」

「……啊，還好。應該是遇見太多人，我感到很混亂吧。」

實際上，情況讓我想發出驚叫。

法政科的魔術師——化野菱理。

君主之女——奧嘉瑪麗·艾斯米雷特·艾寧姆斯菲亞，與她的隨從特麗莎·費羅茲。

據說在電視節目上表演的滑稽魔術師——約翰馬里奧·史琵涅拉。

效命於聖堂教會的老人——卡拉博·佛藍普頓。

再加上魔眼蒐集列車的車掌與拍賣師，最後還有艾梅洛教室的伊薇特，已經完全超過我的大腦容量。不，單論人數的話，雙貌塔的那場派對更多，但這次每個人都很可能與老師和我直接有關聯，即使記不住也不能忽視他們。

我摩娑太陽穴附近，望向車窗。

窗外充滿濃霧。城鎮的燈光不時遠遠地滲入霧氣，朦朧地浮現又流逝。列車的晃動幅度遠比從古老外觀以為的小得多，蒸汽機強勁的運轉聲聽起來很暢快。

摻雜在那聲響中——

「……試著想想，伊薇特身為這裡的常客是理所當然。」

老師只脫下西裝外套掛在房間牆壁上，如此呢喃。

「那個人的眼罩果然也跟魔眼有關嗎？」

「一半對，一半錯。說到底，在那副眼罩底下並沒有真正的眼球。」

老師的話讓我不禁眨眨眼。

看到我不知道該如何反問才好，旁邊的卡雷斯開口相助。

「伊薇特小姐是用寶石代替魔眼。」

「用寶石？」

我記得老師也提過製作魔眼云云的話題。

「複製魔眼大約只能做出低等的劣等品，但寶石加工例外。伊薇特小姐的家系擅長這類加工魔術，據說甚至能在限定情況下重現高貴之色……我想，她多半是作為更精巧地重現魔眼的模特兒，定期參加魔眼蒐集列車的拍賣會。」

「……啊，原來如此。」

聽他這麼說，我也理解了。

不如說比起移植云云，這才是作為魔術師的正規戰術不是嗎？

「嗯，就是這麼一回事。他們以付出真的眼球為代價的行為與寶石獨特的魔術屬性，跨越了複製的界限。當然，將異物植入軀體會產生排斥反應，伊薇特能夠承受應該也是歷經多代研究肉體改造的結果。以總數來看，必定是比在這輛魔眼蒐集列車上接受移植的魔術師更罕見的例子。」

老師替卡雷斯的說明補充道。

她那段亂七八糟的魔眼女孩自我介紹，看來未必偏離主題。無論如何，那都發生在對我而言有些過於費解的世界。

思索一會兒後……

「不過，結果代理經理沒有出現。」

老師說道。

那是邀請函上的署名。

可以說是最有希望知道關於聖遺物竊賊線索的人物。

「那麼，那個人是……」

「說不定他打算之後現身。再說，我們連他留下列車邀請函的意圖都不清楚。在這種情況下煩惱也無濟於事。」

和言語相反，老師眉心的皺紋比平常更深。

他恐怕研究過今天在此遇見的每一個人物與竊賊的關聯，以及其他可能性。因為知道自身的武器絕非卓越的魔術，老師在這種時候總是殫精竭慮到悲傷的地步。

舉例來說，老師的能力不是什麼名偵探靈機一動的敏銳思維。

不如說，正好相反——他是以腳踏實地的調查與累積的知識為基礎，才能發揮非凡洞察力的類型。正因為如此，在這樣的案件現場，老師的大腦應該連一瞬間也沒休息過。

忙碌到連煩惱這個字眼都太過簡單。

我想說些什麼，可是不擅言詞的我想不出一句安慰。

「不管怎麼說，趁能休息時休息吧。」

老師如此提議，摘下魔眼封印眼鏡後直接躺在床上。

意外的是均勻的鼻息聲馬上傳來，讓我安心了點。老師果然很累吧。就算並非如此，碰到聖遺物失竊的意外事件，他不可能不強撐忍受。

只是我睡不著，依然煩悶地坐在床鋪上。

既然暫時睡不著，拿出亞德或許不錯，但我現在沒有心情聽他吵鬧的開場白。

此時……

「——格蕾小姐真厲害。」

卡雷斯忽然開口。

「為何突然這麼說？」

「不，我一直很焦躁不安。在從德國偏遠鄉下來到鐘塔的階段，我就到達極限了。結果居然還在倫敦搭上原本是北歐傳說的魔眼蒐集列車。」

聽說以前魔眼蒐集列車主要是行駛於北歐的森林。既然卡雷斯生於德國，那或許是他更為熟悉的傳說。

聽到談話內容的少年之所以拜託老師帶他過來，大概也是因為這個緣故。

「不過你的態度倒是相當從容……剛才也是，在伊薇特小姐出來前，你已經做好戰鬥覺悟了吧。」

面對據說來自聖堂教會的老人卡拉博，菱理不用多說，我沒有忽略卡雷斯也擺出了架勢。那種反應並非只靠單純的魔術技術就能做到，憑藉的是更純粹的心理準備。

於是，苦笑的卡雷斯一臉為難地搔搔頭。

「哈哈。我一點都不從容——不過，這個嘛。當姊姊半途表明她不當魔術師時，場面變得相當慘烈，我或許因此累積了經驗。」

「是你上車前提過的事情嗎？」

「對。」

戴眼鏡的少年點點頭。

「從小被評價為史上最出色的天才，未來深受期待的姊姊突然不當魔術師，連魔術刻印都放棄了。整個家族當然陷入天翻地覆的大亂。」

也許是想起了往事，卡雷斯微微瞇起眼眸。

「總之，平凡無奇的我成為當家，結果連替姊姊預備的鐘塔留學也直接轉移給我。周遭眾人會意氣消沉也是當然的，嚴重的時候我還反遭怨恨——不，從他們的角度來說是正當的恨意嗎？——險些遇害。他們大概覺得如果我死了，姊姊也許會回來。」

「唔…………」

險些遇害這句話，一定沒有任何誇大之處。

這幾個月我切身體認到，魔術師會做出這種事。只要能實現代代相傳的夙願，一條人命連微小如塵埃的價值都沒有。

看見我屏住呼吸，卡雷斯馬上露出笑容。

「……抱歉，這件事很奇怪吧。」

「不會。」

我搖搖頭。

我的回答中不經意帶著感情。

「不會、不會……我明白那種感受。」

我很清楚周遭眾人熱情高漲，卻不顧當事人自身意志的感覺多難受。

同樣的，還有無法回應那份期待時的痛苦。若能完全割捨卑微的自己，徹底化為昔日的英雄會有多輕鬆啊。明明認為自己如此不成熟又沒有價值，為何無法輕易地捨棄呢？

卡雷斯一臉不可思議地歪歪頭。

「妳是老師的寄宿弟子吧？」

「不過，因為我並非魔術師。」

「是嗎？」

卡雷斯沒有繼續追問。

對話也跟著中斷，列車的行駛聲支配房間。

不可思議的是，沉默並不難受。為什麼呢？我沉浸在聽起來很舒服的火車運行聲裡，愣愣地思考。

（……啊，是這樣嗎？）

因為這個人有某些地方與老師相似。感嘆自身的平凡，對自己和被譽為天才的鄰人之間的差異感到痛苦，卻沒放棄任何事。那樣的姿態無論如何都會刺痛我的心。遠比從最初就身為天才者的飛翔，更強烈地激勵我的內心。

是因為這個緣故吧。

「別擔心，你會變強的。你一定會變得比令姊更強大。」

我的嘴巴自然地說出這樣的話語。

「因為老師他看出來了。」

卡雷斯一臉驚訝地回望我。

「怎麼了？」

「……沒什麼。格蕾小姐，妳真的很信賴老師。」

微笑的卡雷斯所說的話，使我短暫地屏住呼吸。

因為我連想都沒想過那種事。

「是……這樣嗎？」

「嗯。」

卡雷斯點點頭，環顧房間。

「……魔眼蒐集列車真的存在呢。若是姊姊，她會怎麼做？」

最後一句話，在室內的昏暗中飄盪。

不過，他好像無意再聊下去。卡雷斯將毛毯拉到身旁，熄滅床頭燈。

「晚安，格蕾小姐。」

「……晚安。」

我也將毛毯拉過來。

列車規律的震動，彷彿解開了某種凝固在體內深處的事物。老師殘留在室內的雪茄味也莫名地讓我心安——不久後，那些思慮也慢慢融化於昏暗中。

那一夜，我意外舒適地入睡了。

3

清晨來臨，微光透過車窗射入房裡。

列車好像依然在霧中行駛，不過至少分辨得出有沒有太陽。我在房間內設置的水龍頭洗臉，稍微整理儀容後，隔壁的床鋪傳來遲緩的起床氣息。

「老師。」

「……我再睡……五分鐘。」

老師又倒回床上。

他果然累積了不少疲勞吧。最近這陣子應該難以入睡。

總之，我讓卡雷斯扶起還在睡的老師，為他整理頭髮。雖然交換也可以，但我不太想把這項差事交給別人……或許是我最近也沒梳老師的頭髮，覺得有種奇妙的安心感。

「老師，差不多到早餐時間了。」

「……唔、嗯。不好意思，格蕾，妳可以先去嗎？」

「我先去嗎？可是……就算只有我吃了早餐……」

「現在應該幾乎所有人都去餐車吃早餐了。我想趁那段時間調查，不過沒有人去餐車也是個問題。」

原來如此，我心想。

即使睡眼惺忪，老師也有考慮到各種方面。

「我明白了。那我先前往餐車。卡雷斯先生，後面的事拜託你了。」

「啊，好的！」

將事情交給點頭應允的卡雷斯，我先將頭髮整理完，拍了拍老師的背。

我走出客房，朝列車行進的方向走去。

在排成直線狀的列車上，實在無從迷路，和近來在剝離城、雙貌塔這兩處占地非常寬廣的地方發生的案件大不相同。

車窗外充斥著白霧與在霧氣縫隙間浮現的針葉樹影。

（是霧與森林……）

我心不在焉地想。

這輛列車究竟是從多久以前開始，在這樣的地方行駛呢？

或許是在這個島國有人類居住之前？腦中充滿這種不可能的妄想，我走過休息室往餐車方向前進。

走廊的地毯宛如皇宮地毯，令人產生一腳踩下去會陷沒到腳踝的錯覺，感受不到多餘的晃動。

不久之後，刺激食慾的烤吐司香味偷偷鑽進鼻孔。

我彷彿被香味吸引般拉開餐車的門。

「喔，小寄宿弟子。這邊這邊！」

伊薇特大力揮手，拍了拍她隔壁的座位。

有時我覺得，這個人和費拉特屬於同一種類型。說不定那是意外地容易聚集在老師身邊的特質。

「反正老師睡醒時會心情不好，就算小寄宿弟子叫醒他，他也會說什麼再睡五分鐘之類的話不是嗎？」

「……妳知道得真清楚。」

「因為人家是志願要當他的情婦啊。啊，說人家是間諜也可以！」

對於她不知道有多少是真心話的發言，我只能模棱兩可地笑了笑。

最重要的是，目前有遠比她危險的東西坐鎮於此。餐車中心放著透明的圓筒，筒內漂浮著一對浸泡於溶液中的眼球。

「這是高貴之色——炎燒魔眼。」

我記得她是拍賣師雷安德拉。

眼睛周遭覆蓋著皮革的女子站在圓筒旁說明。

「我想各位都知道，這是使進入視野之物燃燒——引起自燃現象（Spontaneous Combustion）的魔眼。其狀態良好，眼球內魔術迴路的品質也極佳。只是如炎燒魔眼常見的情況，有控制方面的毛病。關於詳細訊息及估價(Estimate)等等，請見各位手邊的目錄。」

餐桌上有剛烤好的吐司與果醬等早餐，以及一本硬殼冊子。意思是要進行正式拍賣會的預演吧。

真的是拍賣會啊，我有種奇妙的感動。

面對浸泡在溶液中的眼球用餐確實很獵奇，不過我對僅限外表的奇異怪誕有抵抗力。以前和萊涅絲一起看恐怖電影時，這一點讓她覺得很遺憾，但我不知道該做出什麼樣的反應才好。

由於坐在伊薇特隔壁會感到不安，我在她的斜前方坐下。服務人員注意到後，也替我送來餐點。

從他們格外面無表情這點來判斷，或許也是像我在雙貌塔(伊澤盧瑪)見過的人工生命體之類的。

拍賣師緩緩地繼續說明。

「這次拍賣會將展出的魔眼，預定今天先展出兩對，明天也將有兩到四對亮相。請各位理解。」

「亮相的魔眼數量和平常一樣嗎？」

伊薇特嘟囔。

大概是注意到我不太明白，少女摸著眼罩往下說：

「這個拍賣會原本是上一任經理用來炫耀精品魔眼的藉口。精品——如字面含意所示的注目商品(Eye Catcher)是在明天喔。」

「為了炫耀而舉辦這種拍賣會?」

我不禁愕然地嘀咕。

「就是那樣。據說這原本是不知道哪裡的死徒嗜好,家名好像叫羅傑安吧。」

一股惡寒竄過背脊。

死徒。

活著的死者。死去的生者。

從根本上扭曲作為生物的存在方式,或者稱為「吸血鬼」等等的吸血種。總之,死徒是那一類存在的稱呼。不同於亡靈——但用另一種做法踐踏死亡的存在。

伊薇特看起來不怎麼在意地續道:

「人家開始參加拍賣會,是在代理經理上任一段時間以後,所以不清楚詳情。妳想,不深入了解彼此的情況,是長久延續來往關係的祕訣吧?特別是在這種業界。」

這個說法或許意外地正確。

不同於鐘塔那種即使不願意,也不得不保持一定頻率見面的關係,魔眼蒐集列車是一年搭乘一次——不,雖然她是常客,或許每數年才搭乘一次。

「不過來過幾次後,人家在一定程度上懂得怎麼辨別客人。比方說,那位應該是賣家。」

伊薇特悄悄地告訴我。

少女的目光投向那位沉默寡言的老人。

「卡拉博先生嗎？」

聖堂教會的沉默老人。

比起留在拳頭上的許多疤痕，我更在意他半垂眼眸中的黑暗。

「儘管聖堂教會也有魔術好手，但畢竟基礎底盤是那樣，除了洗禮詠唱以外的魔術都不受歡迎。再說年紀那麼大，就算移植魔眼也沒有時間和體力去熟悉。認為他是前來出售變得無法控制的魔眼倒比較合理。」

「這會隨著年齡改變嗎？」

「哎呀。」

對於我的問題，伊薇特微微張大眼睛。

「人家聽說妳是寄宿弟子但並非魔術師，不過妳真的不熟悉魔術呢。」

「不、不好意思。」

「不不，這樣也不壞。也許對魔術這麼陌生的人反而適合當寄宿弟子。嗯～人家弄錯接近妳的方法了？」

伊薇特抱起雙臂，自顧自地點點頭。

然後，她緩緩地開口：

「魔眼啊，是附屬於魔術師的器官，其本身是半獨立的魔術迴路。正因為如此，才能摘除或移植。嗯～考慮到每對魔眼具有個別的能力，比較接近無涉於血緣也能適應的特殊魔術刻印吧。」

聽她這麼說，我也能理解魔眼的價值。

我記得魔術迴路應該是指魔術師天生擁有的「產生魔力的器官」。由於依照其質與量而定，可以操控的魔力會出現天壤之別，無論任何家系都熱衷於讓孩子擁有哪怕更多一條也好的魔術迴路。

若能假性地增加魔術迴路，大部分的魔術師應該都會付出犧牲。

「那麼，變得無法控制是什麼意思？」

「嗯。如同人家方才稱為獨立的魔術迴路，魔眼可以啟動單獨產生魔力的術式。相對於一般魔術迴路，高貴之色接近於天體運行……這樣形容也出於同樣的理由。即使是與魔術師無緣的一般人，也會出現極少數的魔眼使用者。只是，魔眼產生的魔力及術式未必均衡。在嚴重的情況下，魔眼會自行發動術式，還會從魔術師本人的魔術迴路強行搾取精氣。一旦變成那種情形，就是地獄。」

眼罩少女噘起嘴巴，聳聳肩。

「如果缺乏的魔力不多，年輕時生命力旺盛，也許只會感到疲勞，可是年紀大了以後……這裡也會提供更低階的魔眼及普通眼球等等，值得出售啦。」

「……所以……」

當我輕輕點頭，伊薇特轉動食指。

「儘管不知道買方做好多少覺悟，如果對魔力的掌控非常卓越，可以反過來把魔眼的魔術迴路追加在自身的魔術迴路上，會搭乘這種列車的魔術師，都認為唯獨自己是例外。呵呵，雖然是僅限於一代的輔助，能夠追加魔術迴路自然好極了。」

這次，少女的目光被吸引到擺在另一邊的餐桌上。

她望向一頭銀髮，看來年僅十一二歲的對象。

奧嘉瑪麗。

她一邊瀏覽手邊的目錄，一邊向隨從——戴眼鏡的才女特麗莎．費羅茲說話。身為君主的女兒，她是不是認為自己當然能夠控制魔眼？

或者是，同樣坐在另一邊的化野菱理呢？

現在也愉快地轉動白帽子，擁有冠名節目的約翰馬里奧．史琵涅拉呢？

（……啊，所以……）

我理解到每個魔術師都抱著各自的想法，來參加拍賣會。

「我總算……明白了。」

「嗯。唉，受邀賓客未必只有這些人，在拍賣會當天上車的傢伙也滿多的喔。只是志在必得的客人一開始就會過來。剛才提到的注目商品也是，大部分的情況下應該是魔眼蒐集列車主動發出邀請函。」

「咦？意思是請求對方『請出售魔眼』嗎？」

「哪有那麼循規蹈矩。」

伊薇特低聲發笑。

「這件事在魔眼所有者（Holder）之間滿著名的就是了。收到邀請函的人即使無視，也會遭到強行綁架，發現時已經變成雙眼被挖走的屍體。嗯。總之邀請函是通知你『珍惜性命就乖乖交出魔眼』的訊息。至於理由則是『因為世上所有的魔眼都屬於我』吧。」

我感到眼前一黑。

這是什麼樣的國王理論啊？你的身體屬於我，所以給我交出來。基於什麼樣的思維才說得出這種話？

「不過，像剛才提過的，在應付不了魔眼的人眼中列車是救世主。因為這裡無疑是會以全世界最昂貴的價格買下魔眼的地方。」

伊薇特咬了一口吐司，望向餐車入口。

她的臉龐迸出光彩。

「歡迎光臨，老師！」

她呼喚才剛進來的老師。

「……伊薇特。」

「這邊是四人座，老師也坐得下喔。來來來～請坐！你可愛的寄宿弟子也在呢。」

我險些驚呼出聲。

她邀請我，好像是用來當作捕獲老師的誘餌。

老師似乎也看穿這件事，但認命地在我身旁坐下。雖然有點過意不去，我若獨自坐在這裡應該會相當難熬，希望老師務必諒解。

「雷曼家不派隨從過來嗎？」

「哈哈哈。在老家是有隨從，不過人家不習慣那種作風。你瞧，間諜不輕裝上陣怎麼行！」

伊薇特揮動手臂強調。

老師對此只從戴不習慣的眼鏡上方，悄悄以指尖按壓眉心。

「結果如何？」

「總之，我試著向列車服務人員打聽過發邀請函給我的對象。」

老師壓低音量，將之前放在保險櫃裡的信封拿給我看。

「這是發給好幾個人的自由名額邀請函。據說他們會發出這種邀請函，以不時邀請新賓客。由於這個緣故，服務人員好像也不清楚這份邀請函本來是誰的……總之，我叫卡雷斯留下看著。」

老師以眼神示意，其餘事情之後再談。

此時，場面有了動靜。

「再向各位展示另一對魔眼。」

拍賣師開口。

接著，面無表情的服務人員搬來新的透明圓筒。

「搶奪魔眼。」

拍賣師如此稱呼在筒內漂浮的眼球。

霎時間，我手中的目錄出現新頁面。當眼球照片與詳細說明浮現在紙上，拍賣師也配合地繼續介紹。

「正如其名，這是直接奪取進入視野者生命力的魔眼。等級為『黃金』。雖然有些老舊，但保存狀態無可挑剔。然而由於魔眼的性質，也有攻擊宿主的可能性。過去兩名接受移植者在三年內瀕臨死亡，由本列車的服務人員摘除了魔眼，因此請投標的客人仔細查閱契約書的責任限制條款。」

對於她淡淡傳達的說明，魔術師們在餐車上擴散的呻吟宛如漣漪。

老師也面露懷疑之色摀住嘴。

「……真不愧是、魔眼蒐集列車嗎？」

「那個魔眼有那麼驚人嗎？」

「光是剛才的炎燒就很了不起了。」

相比之下，伊薇特的獨眼炯炯發光。她望向應該滿臉不明所以的我，轉動食指。

「妳瞧，那邊的奧嘉瑪麗小姐也立刻臉色大變對吧？因為黃金級比一般的高貴之色更高階。」

「比一般的高貴之色更高階？」

「一個弄不好，就會受到封印指定。」

老師接過話頭。

我也記得那個名詞，所以忍不住反問：

「封印指定，是以前橙子小姐被指名過的那個？」

「沒錯。因為憑鐘塔的技術未必能確保只摘除魔眼，連同持有者本人一併保管比較輕鬆。原因是不會再度誕生的魔眼並非只屬於其本人的財產，而是魔術協會整體的公共財。」

老師閉起一隻眼睛說明。他的聲調有點僵硬，應該是不肯定鐘塔這種行動之故。

他神色極嚴肅地這麼補充：

「據說在黃金之上，還有稱作『寶石』位階的魔眼，但到達那個等級，是否實際存在值得懷疑。領導一派的君主說不定會暗中收藏……真是不辱魔眼蒐集列車拍賣會的盛名。」

「不不，老師，人家也沒料到會在第二件商品就拿出黃金級。看來或許可以期待，最後出現寶石魔眼的可能性也……」

當伊薇特說到此處時——

「『彩虹』魔眼呢？」

一個聲音響起。

起身的少女是奧嘉瑪麗．艾斯米雷特．艾寧姆斯菲亞。她還是稚氣猶存的年紀，凜然的身影充滿令其他魔術師失色的銳氣。

「您是指什麼？」

「正如我剛才所說的。」

少女激昂地拋出話語。

她好強的眼眸瞪著拍賣師，卻靜靜地說道。

「既然這裡是魔眼蒐集列車，那也管理著傳說中最高階的彩虹魔眼不是嗎？比如說……據說在極東出現的直死魔眼。」

這次的反應不只是呻吟而已。

喀噠一聲脆響傳來，有人從座位上站了起來。

竟然是那位法政科的魔術師——化野菱理。

（直死魔眼？）

我沒聽過那個名稱。不過，我發現魔術師們的注意力都放在更前面的詞彙——彩虹魔眼上。最高位階。這代表別說高貴之色，更在被懷疑是否實際存在的寶石魔眼之上。

黃金。

寶石。

還有，彩虹。

僅僅提及名稱就讓在場魔術師們恐懼的最高階魔眼。

「在今天這個場合，我無法回答。」

拍賣師說道。

她並未說出「沒有」。歸根結底是「在今天這個場合」。

如同遭到神話裡的怪物(梅杜莎)之眼瞪視般，周遭的魔術師們統統僵住不動——令人驚訝的是，甚至連化野菱理也不例外，她以極為笨拙的動作坐回座位。

在充滿異樣氣氛的餐車上——

「哼～哼～」

伊薇特不斷呢喃。

她的獨眼帶著非比尋常的光芒。

「第一次在這個場合看到艾寧姆斯菲亞，原來是看中了什麼嗎？如果是的話，是有點有趣。」

最後，她小聲嘀咕：

「……不過，真的有直死魔眼嗎？不，假設有，那真的是魔眼嗎？怎麼樣呢？」

4

早餐兼事先演練就此結束。

誰也沒有繼續交談，三五成群地散開了。我和老師用餐籃替卡雷斯打包一些食物後，也來到走廊上。

餐車與客房之間，設置了占用一整節車廂的休息室。

柔軟的地毯與真皮沙發明明一點也沒變，卻有種彷彿刺痛皮膚的異常恐懼感。不是魔力或敵意。然而，目睹漂浮在溶液內的魔眼後，這輛列車的一切讓我感到不祥至極。

連呼吸都有些痛苦。

我想追上走在前方的老師，忽然抬起目光。

「卡雷斯先生。」

眼鏡少年站在走廊上。

「老師、格蕾小姐……妳的臉色好差，那邊的情況很棘手嗎？」

「啊！不，我不要緊。只是有點不舒服。」

看著他忠厚老實的臉龐，我鬆了一口氣。

只是，我也覺得這名少年或許不太適合鐘塔。即使適合當魔術師，他應該另有該去的地方。我漫無邊際地想。

「那就好。」

我的答覆讓少年微微一笑。

然後──

「老師，我剛才在門縫間找到這個。」

他遞出一個白色信封。

「信？」

「是的。我馬上拉開門，當時卻已經找不到任何人影。對不起。」

「不，無妨。以那種方法來接觸我們，代表對方是用被逮住也無所謂的臨時使魔之類的吧。」

老師說完後撕開封蠟。

他打開裡面的信件，手僵住不動。

「您發現邀請函並大駕光臨，實在榮幸。」

開頭這麼寫著。

會以此開頭的對象，我只想得到一個人。

「……老師。」

「嗯，是那個竊賊的來信。」

老師神情冷若冰霜地頷首，像在盡可能地凍結在內心盤旋，無法控制的感情。

「首先，讓我慢慢斟酌考慮——」

「——艾梅洛閣下II世。」

清亮的聲音叫住我們。

我回頭望去，方才集眾魔術師注目於一身的少女佇立在前方。

「奧嘉瑪麗小姐。」

天體科君主之女梳起銀髮，直盯著我們。

我覺得她有點像貓，和同樣是千金小姐的露維雅潔莉塔‧艾蒂菲爾特是不同的存在。假使那位大小姐是發掘於大地深處，花費時間打磨而成的寶石，她則像是長久以來與許多貴族一起注視過歷史的阿比西尼亞貓。

「方便和你談談嗎？」

少女以傲慢的口吻說道。

「很遺憾，我不知道是否能說出受妳賞識的話。而且，妳不是放棄交流訊息了嗎？」

「因為情況改變了。再說，我認為你是鐘塔裡最適合談這個話題的人選。」

「哦？」

老師假裝放鬆而垂下的手指，在下一刻微微顫抖。

奧嘉瑪麗像在施展古老的魔術般開口：

「畢竟，是關於聖杯戰爭的事。」

＊

化野菱理是隸屬法政科的魔術師。

在鐘塔，主要的學術方針有十二科，但法政科與這當中任何一科的性質都不同。因為法政科掌管的並非學問，是鐘塔的運營方針。

說得更詳細一點，此運營方針也分為三項。

亦即保全魔術世界、監管魔術師，以及充當與社會的橋梁。

不論如何，法政科無疑是名副其實的「統率魔術師的魔術師」。大部分的君主家系都會把自家孩子送進法政科，法政科也會毫不吝惜地傳授他們帝王學。這就是即使與十二家或三大貴族沒有關聯，任何人光是聽到法政科名號都被迫陷入緊張的緣故。

而現在——

「真的會展出……彩虹魔眼……？」

艾寧姆斯菲亞家女兒說出的話，讓菱理皺起形狀漂亮的雙眉。

連身穿振袖的女子也半信半疑——不，不得不做出此事九成九不可能的結論。即使是法政科成員的她，彩虹位階的魔眼也是只在傳言中聽過的事物。

可是，就算如此也不能坐視不顧。

因為假使這個消息屬實，依情況而定，彩虹魔眼一詞具備著可能破壞鐘塔平衡的強烈衝擊。

「……不。」

她搖搖頭。

（問題在於，魔眼內藏著怎麼樣的魔術。）

高貴之色。

大致上以「束縛」、「強制」、「契約」、「炎燒」、「幻覺」、「厄運」等為代表，介入他人命運的特權行為。

不過「黃金」以上的魔眼，內藏有在現代失傳的大魔術並不罕見。更何況，若是「寶石」與「彩虹」，甚至能想見蘊含著超過大魔術——連古今所有魔術都無法重現的神祕。

那正是神靈行使的權能一類。

（若有直死魔眼這種東西，巴羅爾的權能也……）

菱理也不知道，那種事物是否真的存在。

但是，假設之前無意中聽到的傳聞屬實，她能夠推測。

也就是說，那是瞪一眼就能確立死亡（結束）的超凡異能。萬物皆有裂縫。由於這世上沒有完美的物體，人人都懷抱著毀壞後從頭重建的願望。那種異能是強行找出這種裂縫，據說是古凱爾特神祇——巴羅爾持有的越權行為的象徵。

雖然僅限於一代，這種異能很可能甚至凌駕於十二家的源流刻印與至上禮裝。

「沒想到會接連涉及這種事。」

她輕聲嘆息。

「即使你是君主，你打算將現代殘留的神祕清除殆盡嗎，艾梅洛閣下II世……？」

*

老師關上房門，請兩位訪客在沙發入座。

因為位置實在不夠，我和卡雷斯坐在床上。這裡原本是三人房，空間上奢侈地將一節車廂對半劃分，不過要容納五個人會有些壓迫感。

老師坐在位於兩者之間的扶手椅上，非常緩慢地問道：

「——妳為何知道聖杯戰爭？」

儘管已加以掩飾，他的聲音仍帶著一絲緊繃。

對此，隨從特麗莎·費羅茲推了推眼鏡，代替奧嘉瑪麗回答：

「由於艾梅洛上一代當家成為話題，艾寧姆斯菲亞家有段時期也搜羅過相關資料。」

她指的是十年前的第四次聖杯戰爭。

上一代艾梅洛閣下——沒錯，肯尼斯·艾梅洛·亞奇伯喪命的戰爭。或者說，是這一代的艾梅洛閣下II世——老師從中生還，變成如今的他的戰爭。

艾寧姆斯菲亞從那麼久以前，甚至在更久之前就在觀察老師他們嗎？當然，同樣身為君主，他們調查肯尼斯教授也許是當然的發展，我卻止不住令人毛骨悚然的寒意竄過背脊。

我好像稍微觸及了鐘塔這個地方的本質。

「嗯。我原以為在十二家中，艾寧姆斯菲亞對星辰運行以外的事不感興趣，在山上閉門不出呢。」

「因為這裡也是星辰之一。」

這次由奧嘉瑪麗本人回應了老師的話。

她炯炯有神的琥珀色眼眸從下往上瞪著老師。眼神與其說在衡量他的斤兩，更像在發出挑戰。

「而且，那個話題熱門到即使閉門不出都會聽聞。聽說，這次居然連II世都想挑戰十年前讓艾梅洛閣下喪命的聖杯戰爭。你報名了應該不到兩個月內即將展開的第五次聖杯戰爭的鐘塔名額吧？」

「很不巧，我似乎沒獲選。這次的鐘塔名額好像增加為兩人，但被葛列斯塔和封印指定局拿走了。」

當然，我也認識亞托拉姆．葛列斯塔。

我記得封印指定局，是為了確實抓住受到封印指定的魔術師而存在的組織。他們遴選成員看的不是純粹的魔術技術，而是搜捕在民間四處逃竄的魔術師需要的戰鬥力，因此很適合聖杯戰爭吧。

「儘管如此，你報名過是事實吧。嗯，你對據說能實現任何願望的可疑聖杯有所執著嗎？」

「……這個嘛。」

「不是吧。的確，他們似乎會耍什麼花招召喚出英靈，不過那是在魔術發展落後的極東舉行的儀式。我不認為會有那種超越群倫的寶物。」

奧嘉瑪麗抱起雙臂，動了動食指。

她拍打上臂，同時微瞇起眼續道：

「若是這樣，認為你的目的在於那場儀式本身比較妥當。對，你曾是三流的新世代（New Age），經過那場戰爭後不知為何變得判若兩人，甚至一手掌管艾梅洛教室。不僅如此，反覆發生內部糾紛的艾梅洛派一等爭端大致解決後，立刻將你強行推上君主之位的異常情況……你賣了什麼人情給上一代艾梅洛閣下嗎？」

「很遺憾，我甚至無法見證肯尼斯教授的臨終時刻。直到死去的前一刻，他大概都認為我是無藥可救的蠢貨。」

「…………唔！」

我竭盡全力忍住聲音。

沒想到老師這麼受到注目。

考慮到亞托拉姆・葛列斯塔也提及過種種事情，在鐘塔的調查結果多半會對擁有一定地位的人公開。雖然老師達觀地表示萊涅絲也這麼說過，所以不值得驚訝，但我始終無法達到那種心境。

「總之，你打算再度挑戰聖杯戰爭，就那麼想為從前無法完全獲勝的一戰雪恥？」

「……妳想這樣認為的話，那也無妨，找我要談的就是這件事情嗎？」

「不，我只是確認情況。如果你不喜歡聽，就當我在自言自語吧。」

奧嘉瑪麗揮揮手後續道：

「如果到目前為止的討論大致沒錯，你來魔眼蒐集列車的目的，只是替聖杯戰爭補充戰力吧？沒拿到鐘塔名額，你只能偷偷地以無所屬身分參加，總不能像上一代艾梅洛閣下一樣公然地攜帶魔術禮裝。沒錯，令人傻眼的是，肯尼斯・艾梅洛・亞奇伯揮霍無度地將當時艾梅洛的貴重禮裝投入了聖杯戰爭吧？

聽說與礦石科之名相稱的大量寶石、礦石不用說，還有降靈科（尤利菲斯）都不會隨便出手的惡靈、魍魎一類，最後還運送了三台調整為君主專用的魔力爐過去。光是聽說這些物資連同大樓一併遭到炸毀，就令人毛骨悚然。就算是當時的艾梅洛派也會破產啊。」

（…………）

我茫然地注視著交談的兩人。

我好像在哪裡接觸過她那種謹慎的行事做法。

（……萊涅絲小姐也是。）

或者，從前的萊涅絲說不定也以同樣的方式在鐘塔生活。

當我遇見萊涅絲時，她和老師的關係已延續許久……是在她能將一定程度的事情推給老師處理後，因此我不清楚詳情。

（……所以，萊涅絲小姐是不想放開老師？）

我暗自按住她交給我保管的信用卡與手機。雖然訊號在列車出發後中斷，但如果照她所言，拍賣會時應該能夠通訊。

同時，我感到有點安心。

因為我覺得只要她不願放手，就還沒關係。

否則，我也覺得老師（這個人）會消失在某個地方。

「……看來妳真的很清楚。沒想到艾寧姆斯菲亞對俗世如此感興趣。」

「注視星辰之外，與注視星辰表面在根本意義上是一樣的。只是，如果我到此處為止的想法無誤，說不定我們可以聯手作戰。」

「聯手作戰嗎？至少聽起來不錯。」

「對吧？畢竟艾寧姆斯菲亞與艾梅洛本來就同屬貴族主義。」

「貴族主義……嗎？」

老師微微撇了嘴。

他大概對派閥方面有些想法吧。說到底，艾梅洛本身雖然為貴族主義，考慮到老師本身的背景與手法，民主主義反而更適合他。儘管巴爾耶雷塔等派別大概是出於這樣的理由來挖角他的。

奧嘉瑪麗再次瞪著老師。

「至少假使你的目的純粹是補充戰力，你並非想得到彩虹魔眼吧？那樣的話，應該與我們利害關係一致。」

「……為什麼？那可是只存在於傳說中的魔眼。是其他君主應該也沒有的絕品喔。即使不知道具備怎樣的能力，能得到的話任何人都會想要。」

「因為即使不知道魔眼的能力，光是彩虹魔眼應該就十分昂貴。我不認為以目前艾梅洛派的財力付得起。」

「妳說話還真直接。」

老師苦笑地聳聳肩。

從他依舊沒露出不悅之色來看，他確實不討厭這種人才對。至少不必一一刺探對方言語背後的真意，或許比較輕鬆。

「總之，妳真的相信拍賣會將展出彩虹魔眼？妳事前得到了什麼消息嗎？儘管我不認為魔眼蒐集列車會對外界洩露消息。」

「…………」

奧嘉瑪麗沉默了一會兒。

然後，她以眼神向身旁的隨從使眼色並開口：

「好吧，特麗莎。稍微揭開我方的底牌，事情應該也會談得比較順利。」

「我明白了。」

隨從特麗莎．費羅茲點頭回應主人的話，倏然抬起手。

「因為我『看』見了。」

她摘下眼鏡，露出美麗的眼眸。

不，吸引我們意識的，正是潛伏於她眼眸深處的鮮明光輝。有某種異樣的光芒，我剛才好像也看過……她語速十分緩慢地請求：

「啊，正好。艾梅洛II世大人，能夠請你舉起右手嗎？」

「像這樣嗎？」

坐在椅子上的老師沒有特別抗拒，筆直地舉起右手。

「是的，可以的話請再舉大約八秒。七、六、五、四——」

「——哇！」

我身旁的卡雷斯失去平衡。

他因為太過緊張，從床上滑落。掉下去的時候，他的手敲到放在枕邊的空水瓶，水瓶於半空中描繪出漂亮的拋物線——像在做什麼實驗一樣，掉進老師高舉的手中。

老師茫然地望著水瓶一會兒，得出答案。

「是魔眼嗎？」

「從廣義來說算是。我的眼睛是預測的未來視。」

「……未來視？」

老師對茫然的我低語。

「正如字面上的含意，是看見未來的眼眸。像特麗莎剛才所說，那在廣義上被視為一種魔眼。」

魔眼。

根據是否會行使炎燒或魅惑這類術式投射，有些情況會把感受型的未來視與過去視排除在狹義的魔眼之外……等詳細的說明，我沒有聽進耳中。

只是，這裡也有一個人。我感覺有石頭般的物體落入喉頭。

看見肉眼不可見事物的人。

在某種意義上，其視覺本身與其他世界相連接的人類。

據說在這輛魔眼蒐集列車長期買賣的異能特別。

「大約三個月前，我看見這次的魔眼蒐集列車拍賣會將展出彩虹魔眼。」

「看見嗎？」

老師嘀咕。

「結果先於理論，很像是未來視會說的話。不過，預測的未來視非常不穩定吧。應該只是停留在也有那種可能性的程度。」

「所以，我才想在那個場合確認。」

奧嘉瑪麗傲然地挺起胸膛。

「而拍賣師沒有否認那麼重大的事情，在場的所有人都覺得有可能吧。」

「…………」

這次換成老師沉思。

想到搭乘這輛列車前，奧嘉瑪麗也直接地問過老師「你可有看中的魔眼？」，這種做法應該是她的慣用手段。雖然會覺得手法草率，不過考慮到充滿陰謀的鐘塔，這一招說不定意外地有效，至少可以辨明敵我。

「原來如此。所以，妳才過來再次接觸我們？我也說過，如果確定看中的目標不同，也能夠減輕彼此的負擔……那麼，妳希望我如何提供協助？」

「當彩虹魔眼出場時，如果出現其他要投標的笨蛋，我希望你也投標。」

「哦？妳明明斷言艾梅洛沒有那麼多錢啊。」

「因為會選擇跟兩個君主家系為敵的愚蠢魔術師很少見吧？只要你在其他人放棄以後也跟著放棄，損失就會停留在最低限度。」

總之，比起資金，她好像打算用權力壓制對手。

我也理解這個道理。雖然對於老師得稍微打個問號，但鐘塔至高的君主頭銜可不是擺設。如果一次對上一個還好，無論是誰都想避免做出同時招惹兩個家系的愚昧行徑吧。

「可以的話，我希望你也積極地投標其他魔眼，消耗周遭眾人的資金，不過我沒指望那麼多。以艾梅洛的角度來看，這豈非不花一毛錢就能賣人情給艾寧姆斯菲亞（我們）的機會嗎？」

對於她十分傲慢的說法，老師沒有顯露任何感情地張口：

「事情我姑且明白了。」

他沒有給予承諾。

不過，艾寧姆斯菲亞方面好像接受了那個回答。

奧嘉瑪麗點點頭後正要轉身，又突然停止。

「怎麼了，特麗莎？」

「可以讓我也和艾梅洛II世大人談一會兒嗎？」

「嗯，是無所謂。那麼，我先回房等妳。」

一頭銀髮飄揚，奧嘉瑪麗離開了。

留下的特麗莎在房門完全關上後向老師開口：

「我想請教你一件事。」

「什麼事？」

「主人認為你有意參加第五次聖杯戰爭是想一雪前恥，但我的想法有些不同。」

「……哦？方便的話，能請妳告訴我那個想法嗎？」

當老師這麼引導，特麗莎帶著淡淡的笑容呢喃。

「跨越賭上生死之戰的人，出現人格為之一變的情況並不罕見。不過，改變需要契機吧。如果上一代艾梅洛閣下並非那個契機，那就需要另一個對你產生影響的人物。我瀏覽過聖杯戰爭的調查結果……也知道在十年前的第四次聖杯戰爭中，和你一起戰鬥過的英靈。」

老師的手指動了動。

我與卡雷斯也不得不為這句話屏住呼吸。因為特麗莎說到了我們搭乘魔眼蒐集列車的主要目的。

隨從只淡淡地訴說：

「對……名留人類史的英靈，當然具備足以改變一個人的人生及人格的強度。」

我感到一陣寒意，感覺像從背後挨了一刀。

她說她擁有未來視的魔眼，也展現了那種力量。

可是，我覺得這名隨從潛藏著在未來視之上的洞察力。

「妳的推測非常有趣，女士。」

老師回應道。

「不過那只是猜測，並非有什麼證據。」

「那當然。」

特麗莎也承認。

「所以，請把這些話也視為純粹的推測，聽過就算了。」

她如此留下前言後續道：

「即使再度召喚英靈——使役者，那位使役者不是也沒有與你一同疾馳的記憶嗎？」

「咦？」

那聲傻愣的聲音是我的。

雖然一直忍著，但我承受不了突如其來的衝擊，脫口而出。

特麗莎瞥了我一眼，進一步往下說。

「關於英靈，我有一定程度的降靈術方面的知識。沒錯，作為主體的英靈之座應該也收集了他與你的紀錄。時間與空間在英靈之座都未確定，存在於那裡的主體儲存著數量龐大的紀錄……但正因為如此，被召喚到現世的使役者應該不會一一保存與你互動的紀錄。使役者記得的是生前（預設值）的知識，與世界賦予的現代必要事項，再來只有一些調整項目。因為英靈之座無視時空積蓄資訊，若非如此將會與知識產生矛盾。」

啊，不過這些論點終究是假說，她如鯊魚般笑著。

「假說……？」

我覺得非常不踏實。

明明試圖達成什麼，卻得知從根本上就搞錯了的感覺。魔眼蒐集列車的地毯似乎裂開了，而自己會墜入無底深淵。若不試著保持清醒，隨時都會雙膝發軟地癱倒。

「沒錯，當然是假說。不過，如果這個假說有例外的話——」

特麗莎拋出前言後說：

「舉例來說，與所有時間序列斷開的特異點（時間盡頭），以及從世界隔離出來的某種固有結界。若不是那種情況……我想你的夢想無法實現。」

「…………」

老師一語不發。

只是像受到強風吹襲般，微微瞇起眼睛。

「啊，還是說你要從作為基礎的召喚形式開始全盤更改？那麼一來，需要構築另一個作為術式基點的大聖杯。真是符合君主之名的大事業呢。不不，乾脆從冬木搶過來如何？這種做法不是非常像魔術師嗎？」

「……艾寧姆斯菲亞竟然有那種興趣，真令人驚訝。」

老師的聲音始終保持平靜。

正因為如此，我很難過。

我希望他感到驚訝。希望他感到痛苦。希望他哭喊「這不可能是真的！」。然而，老師的態度保持平靜，平靜得讓我即使不願意也被迫明白，他早在許久以前就清楚特麗莎所說的內容。

「讓我再問個問題。彩虹魔眼可能具有各式各樣的『力量』。你們看見拍賣會展出了什麼樣的彩虹魔眼？」

「…………」

特麗莎一瞬間瞇起鏡片下的眼眸。

然後，她搖搖頭。

「我認為不需要告訴你那麼多。即使是魔眼蒐集列車，我也不認為有能力一次準備兩對『彩虹』位階的魔眼。」

「原來如此。說得有理。」

老師面露苦笑，也沒有深入追問。

一個看來有些為難，一如往常的笑容。說不定是意外地從那抹苦笑感覺到什麼。

「──艾梅洛II世大人。」

她呼喚道。

「人類是依賴訊息生存，受訊息束縛而死的生物。其中，視覺擁有最大的訊息量。因此，持有魔眼代表接受被魔眼束縛。如果你要購買與我們目標不同的其他魔眼，最好再三地思考這一點。」

「承蒙忠告，實在惶恐。」

老師彬彬有禮地低頭致意。

談話到此結束，隨從也離開了。

房門應聲關上後──

「……老師。」

聽到我顫抖的聲音，老師停頓一會兒後轉過身。

雖然我自認有克制情緒，但說不定已是泫然欲泣。那名隨從留下的話，留下如此嚴重的破壞爪痕。

老師神情複雜地問我：

「難道萊涅絲向妳灌輸了什麼關於我和聖杯戰爭的事情嗎？」

「沒有。」

我搖搖頭。

「沒有……沒有。可是，那樣……」

「使役者沒有之前受召喚時的記憶嗎……」

老師宛如歌唱般說出口。

「好歹我也是君主，而且一直在調查聖杯戰爭。剛才談到的事，我從很久以前起就知道了。妳用不著在意那種事。」

「可是……」

我第一次連續對老師辯駁兩次。不，以前說不定也有過，但我想並非這種乞求般的話語。

總之，我想說的是，唯獨那件事絕不能接受。

「真是的。」

老師拿起雪茄。

他依舊露出微微苦笑，以小刀削去茄帽，像平常一樣以火柴的火焰摩擦點燃雪茄。就算是這一連串儀式般的行為，唯獨這一次無法讓我的心平靜下來。即使雪茄獨特的味道充滿房間，我仍舊泫然欲泣。

「——那個，老師。」

「卡雷斯。」

先前一直默默聆聽的少年走上前。

「我對於聖杯戰爭所知不多，而且也不太清楚情況，所以我說的話或許完全錯誤。」

講完這段開場白，少年如此續道：

「不過，如果有放在心上的對象，希望那個人記得自己不是天經地義嗎？而周遭的人也希望會是這樣，這不是很尋常嗎？」

卡雷斯十分直率地觸及核心。

對此，老師淡淡地揚起嘴角。

「你說得對。我當然不是覺得即使被遺忘也不在乎。」

他任煙霧飄盪，目光在天花板附近徘徊。

「不過，我有就算如此也想相見的對象，有想確認的事情。為了朝這十年的前方走去，有些界線我想劃分清楚，做個了結……嗯，至少關於聖杯戰爭，我只有這麼一點小執著。彼此都保有記憶、可以彼此仔細玩味那段回憶，像那樣的幸福就算是用賒帳換來的也得到太多回報了。憑我的人生可償還不清。」

老師感慨地說。

他叼著雪茄，渾身帶著獨特香氣的煙味，好像若無其事。

——我。

很想搖頭。

很想否定他，說沒這回事。

可是老師笑得太過為難，我無法將任何想法訴諸言語。

「老師認為呢？」

卡雷斯重新發問。

「你認為剛才來訪的奧嘉瑪麗小姐，是留下那封邀請函的對象嗎？」

「這個嘛。一般來想，不會採取那麼拐彎抹角的手段。都提到了聖遺物的話題，還假裝不知道聖遺物失竊也沒有意義。」

但談論魔術師時，「拐彎抹角」或「沒有意義」等想法只能在一定程度上發揮作用。因為可能性雖然低，有時那些行動本身就是某種魔術的一環。

「首先要處理的是這封信。」

老師舉起剛才卡雷斯發現的信封。

他瀏覽後續內容，簡短地說出結論。

「信上叫我們在傍晚前往最後一節車廂。」

「……那麼……」

「嗯。」

老師頷首。

「都走到這一步了，就接受這份邀請吧。」

5

——可是。

異變在傍晚之前發生。

在我們三人聊著各種話題進行準備的期間，魔眼蒐集列車突然停止。

「列車……？」

當我不明所以，正在動腦思索時，車內廣播響起。

「我是車掌羅丹。本列車將於此地停留約兩小時後再度出發。這段時間請各位自由活動，無論留在車上或下車散步都可以。」

「……看來是定期停車。」

老師說道。

說不定這也安排在拍賣會前的行程表上。

「總之，下車看看吧。」

「啊，好的！」

「那我也一起去。」

聽見老師的話，我們也離開房間，走下火車舷梯。

這個地方實在無法稱為車站。

我們位於連有鐵軌經過都令人不可思議的蒼鬱森林中央，只有列車前後奇蹟般的看不到樹木。淹沒在草叢內的鐵軌鏽跡斑斑，幾乎與森林融為一體。

涼風吹撫臉頰。

雖然看不見森林外面，光是這陣清涼的風就讓我感到舒暢。

似乎搶先下車的花花公子張開雙臂吸氣。

「哈哈～！空氣真好！」

「你叫約翰馬里奧來著？」

「喔喔。沒想到鐘塔的君主記得我，真是光榮。」

穿白夾克的男子摘下帽子旋轉，並鞠躬說道。

也許是因為會上電視，這名男子的舉止既誇張又刻意。彷彿貼在那張裝模作樣的臉孔上的笑容，雖然遠比老師的笑容開朗得多，我卻不太適應。

「哎呀呀，我是第一次搭魔眼蒐集列車，各方面的服務都好周到！本來覺得車窗外全是白霧有些無聊，像這樣讓乘客下車欣賞風景也很不賴。如果挑更熱鬧的地方讓我們下車就更好了。」

他高聲說出的台詞有一半是認真的，另一半則是諷刺。

對我來說，這種野外在各方面都更讓我安心，不過當然也有人討厭大自然。

「唉，儘管如此，三明治的味道非常好吃。」

約翰馬里奧坐在擺放好的椅子上，咬了一口新鮮的水果三明治。

另外還有數名魔術師走下列車，和約翰馬里奧一樣享受。附近擺了幾張桌子，也備有三明治等點心，保持整齊的排場。

「法政科的狡詐女人沒下車，艾寧姆斯菲亞家的女兒好像也只是查看一下，就回列車內了。」

大概是理解到老師在意的地方，約翰馬里奧喋喋不休地說。不愧是電視藝人，他似乎很擅長察言觀色。

而另一個人。

聖堂教會的老人——卡拉博與其他人保持距離，喝著紅茶。

若沒有像剛才事先演練之類的事情，他不會配合任何人的步調，我行我素，或許可以說深具魔術師的特色。

這時，我突然轉頭看向旁邊。

「……老師？」

在擺放好的桌子前方。

老師走向森林的縫隙。

他悄悄伸手掃開茂密的枝葉，沉悶的青草味飄散出來。層層疊疊的綠意彼端形成一小塊空地，叢生的蕈類描繪出漂亮的圓環，伸展蕈傘。

「妖精之環(Fairy Circle)嗎？」

「——喔，老樣子呢！」

伊薇特探頭過來說道。這位少女好像也跟我們一樣下了車。

卡雷斯反問一頭粉色髮絲，戴著眼罩的同學。

「妳知道這個嗎，伊薇特？」

「這輛列車好像是在靈脈上形成軌道，我想多半是活用於維持魔力。於是，偶爾停車的地點也變成了某種能量點。嗯呵呵，說是妖精遊記之類的有點帥氣，但度蜜月怎麼樣呢，老師！」

「……喔，原來如此。在英國沿著靈脈走，當然會跟妖精產生關聯嗎？停車與其說是為了觀光，是為了補給才對。」

老師極其自然地無視伊薇特最後的發言，說出感想。

他瞥了一眼停止的列車。

「當然，這輛列車也是以列車自身的規則在運作。」

老師的話讓我奇妙地感到理解。

不愧是據說由死徒製造的，魔眼蒐集列車在脫離常識這一點上，遠遠超過剝離城(阿德拉)與雙貌塔（伊澤盧瑪），縱然如此，這輛列車還是有自己的規則存在。

我想這世上的一切多半都有那樣的規則。

人有人的，魔術師有魔術師的。

亡者有亡者的規則。

我搖搖頭，試圖揮開思緒時眨了眨眼。

「格蕾？」

「……不，我覺得好像看到了什麼。」

我瞇起眼。

在樹叢的另一頭。

一名至今不曾在列車上看過的白色女子，佇立於霧氣的縫隙間。不僅如此，還有色彩鮮豔的花卉在女子周遭波動起伏，將那裡點綴得宛如不同的世界。

是薔薇。

白色女子佇立之處，盛開著數十朵鮮紅的薔薇。不光是周遭，她捲成優美弧度的金髮上也戴著絢爛的薔薇花冠，看起來像是花的化身。

女子倏然抬起頭。

敏銳的緋色眼眸，與我目光相對……

（……咦？）

下一瞬間，女子消失了。

不只如此——

「嗯嗯嗯，小寄宿弟子？」

「怎麼了嗎？」

一旁的伊薇特與老師都皺起眉頭。

無論再怎麼想，那都不是會漏看的對象，因此我也感到驚慌。

「咦，可是，剛才有紅薔薇與白色的女子……」

「那是本列車的代理經理。」

當我語無倫次地用手比著時，意外的人物為我解圍。

是那位在我們上車時前來問候的消瘦車掌。他的名字好像叫羅丹。

「代理經理？」

老師猛然回頭。

沒錯。原先那封邀請函上是那樣署名的。正因為如此，老師上車後馬上想證實其存在。

「是的。自從經理離去以後，她就守護著魔眼蒐集列車。」

車掌感慨地說。

「連我們也很少見到她，看來妳有不同於普通魔術師的感性。」

感性。我隱約明白那個意思。

比方說，感覺到滲透至土地深處——大多數魔術師都無法感應到的稀薄意念的能力，使我在故鄉待不下去的理由。

「……你說經理離去是什麼情況？」

老師先詢問這方面的疑問。

「本拍賣會原來由經理計劃，但有一次發生過糾紛，經理在那之後就離開列車，交給代理經理接手。」

「糾紛嗎？」

（該不會是我過來之前聽說的，橙子小姐的……）

看著老師浮現幾分熱切的表情，我心不在焉地思考。就在此刻——

彷彿劃破森林沉穩的氣氛般，少女的叫聲傳遍四周。

＊

老師立刻對叫聲有所反應。

「格蕾。」

「……是！」

聽到僵硬的聲音，我以最快的速度飛奔。

我三步跳過地面，抓住車門的把手轉動半圈。幾乎以空中制動的訣竅著地後，直接在列車內猛衝。

我掌握了聲音來源。

憑我的耳朵，能夠輕易判斷這點程度的距離感。

可是一拉開門，我渾身僵住。

「哇啊。」

「……喂喂喂。」

從後面追上來的伊薇特和約翰馬里奧也低聲呻吟。

接著抵達的其他魔術師也倒抽一口氣。現場的情形淒慘到連身為某種非人者的魔術師，精神上都大受衝擊，暫時僵住。

滴答滴答。

滴答滴答。

滴答滴答的水聲傳來。

紅色弄髒魔眼蒐集列車豪華的地毯，還在漸漸擴散。

在那中心是一把倒下的椅子，一具倒臥的人形。

特麗莎・費羅茲。

她倒在血泊中。

出血量多到無論怎麼想都不可能生存，不僅如此，她的屍體還失去太過重要的部位。

屍體缺少了頭部。

之所以認得出是特麗莎，是因為屍體穿著與生前的她相同的紫色大衣。適合她柔軟肢體的布料，現在完全被染成殘酷的深紅色。

「特麗莎……！」

奧嘉瑪麗就跪在屍體旁。

剛才的叫聲應該是她的聲音。不，如今的特麗莎連應該發出叫喊的部位都不存在了。

「我、我在列車上……有點暈車……因此離開……去呼吸森林的空氣……」

空虛的聲音在車內徘徊。

「然、然後在休息室喝茶……當我回來後，特麗莎她……特麗莎她……」

任誰也無法回應她的低喃。

只有殘留在軀體內的血液還依依不捨地滴落，發出滴答滴答的聲響——

✦ 第三章 ✦

1

對「那個」而言，世界看起來就像泡沫。

人也好、物也好，都沒有不同。在他的眼中看來，就像許許多多泡沫塊疊在一起，偶然構成像那個樣子的形體。消失迸散，在迸散中誕生，彷彿這個世界作為整體沒有任何變化般粉飾著。

在某種意義上，那說不定是永遠。

如果虛幻的泡沫集合體正是世界，虛幻的連鎖則等於無限。不管分割得多細，都只會變得稀薄但不會消失。普朗克時間（剎那）正是一生，有相同數量的宇宙迸散消融。

所以——

不知從何時開始，「那個」不記得了。

不過終究是泡沫，一碰觸就會迸散，只要劃出境界就會輕鬆地斷開。與大小無關，更何況生物非生物等等更不值得考慮。對「那個」的眼眸來說，沒有任何意義。

「那個」在很久以後才得知魔眼這個名稱。

啊啊。

那一定是位於極限的魔眼吧。

亦即，作為「彩虹」位階的魔眼——

＊

奧嘉瑪麗的側臉已經失去血色。

她以顫抖的手指觸摸屍體的大衣。不顧沾染上血跡，搖晃著無頭的屍體開口：

「……特麗莎？」

她再度呼喚那個名字。

「特麗莎？特麗莎？騙人的吧？為什麼……」

說到為什麼的時候，她發不出聲音。

咳咳，她洩漏氣息。就像陷入功能障礙的肺部，勉強盡到最低限度的職責般。

「……妳不是總是高高在上的嗎？如果我解不出問題，妳不是會高興地用教鞭打我手心嗎？為什麼睡在這種地方！像平常一樣訓斥我啊！」

「奧嘉瑪麗小姐……」

我不禁也想向她開口。

可是，少女一回頭看向這邊就猛烈地譴責。

「你們就是凶手！」

她放聲吶喊。

當我們被這句話嚇到，瞠目結舌之際——

「開什麼玩笑！把特麗莎還來！」

悲痛的叫喊在車廂內迴響。

即使來自君主家系，她才年僅十一歲左右。面對如此淒慘的現場，沒有人能夠保持冷靜。何況死去的是從她更年幼時即隨伺在側的隨從，更是如此。

不過——

她後面所說的話，讓現場充滿非比尋常的緊張感。

「是、是你！是你對吧！聖堂教會！」

少女叫喊的對象，是沉默寡言的黑人老人——卡拉博・佛藍普頓。

在眾人的目光匯聚之下……

「……很遺憾。」

老人緩緩地搖頭。

他順勢提出另一件事。

「可以讓我驗屍嗎？」

「驗屍？」

「沒錯。我並非專家，但很熟悉這種屍體，也許會有所發現。怎麼樣，車掌先生？」

老人詢問的對象，是比我們晚一點趕到的列車車掌。

即使碰到這樣的慘案，消瘦男子的表情也沒有什麼變化。還是說，在魔眼蒐集列車拍賣會上出現這種程度的情況是當然的？競爭對手從拍賣會開始前就互相殘殺，也是平凡無奇之事？

車掌取出銀色懷錶，微微頷首。

「……我不介意，不過房間也需要清理。再考慮到發車時間，希望能在一小時之內完成作業。」

他的口氣真的一派理所當然。雖然帶著無疑屬於一流服務人員的真摯，但他太過沉穩的態度，簡直像問題只是菜餚灑在地板上一樣。

正因此，我覺得少女的反應反倒是種救贖。

「別開玩笑了！」

某種肉眼看不見的東西從奧嘉瑪麗伸出來的手上迸發開來。

魔彈。純粹由魔力凝聚而成——連在我這個外行人眼中，密度也遠勝於萊涅絲以前施放過的魔彈——魔術的威力，令人不得不認同她不愧是君主的下任繼承者。

剎那間，卡拉博以攜帶的利器輕鬆彈開那發魔彈。

後來老師告訴我，那種要形容為劍，握柄部分實在太短的武器俗稱為黑鍵，在聖堂教會也是一部分代行者愛用的武器。

（……可是。）

我無法認知到他拿出那種武器的瞬間。如果這名老人有意，要與人和顏悅色地談笑，同時一擊刺進對方心臟應該也輕而易舉。犧牲者直到死亡，或許都無法理解胸口掠過疼痛的理由。

「你、你——！」

「失禮了。」

老人的手向側面劃過。

被黑鍵的握柄輕輕擊中太陽穴，昏厥的奧嘉瑪麗倒下。老人接住她的身軀，溫柔地放在血泊外的沙發上。

「你們可以照料她嗎？如果她在這個房間醒來，大概會出現震驚反應。可以的話，希望你們送她去休息室車廂。」

他對我們說。

「啊，好、好的，如果我可以的話。」

卡雷斯代替處於動搖的我挺身而出。他在這種情況下看起來意外地冷靜，是因為他姊姊放棄當魔術師時的狀況非常嚴峻嗎？他也提及親人曾意圖謀害他，或許那種經驗磨練了他的內在。

當卡雷斯抱起奧嘉瑪麗離開，卡拉博開始觀察周遭後，有新的氣息出現。

「發生了這種事？」

話聲從門口處傳來。

「你好像和魔術師的案件非常有緣呢，艾梅洛閣下II世。」

「妳也一樣吧。」

老師頭也不回地說。

他似乎不用看也知道來人是化野菱理。

「因為沒那個心情，我剛才沒有下車，那麼一來，我算是沒有不在場證明嗎？」

「那種東西從一開始就不適用於魔術師，妳是最清楚的人吧。」

「那就好。」

女子刻意地笑了。

她也一樣，面對這種程度的屍體不露一絲動搖之色。還是，是我比較奇怪？在故鄉也好，在剝離城和雙貌塔也好，因為經歷過幾樁怪異的案件，我應該變得麻痺才對嗎？

……我連想都不願去想。

我低下頭，想排解在胃部深處盤旋的反胃感，這時又有別的聲音響起。

「……死亡時間暫且判斷在幾十分鐘內應該沒錯。死因也可以暫且視為是頸部切斷導致休克死亡。因為沒有打鬥痕跡，凶手應該是在一瞬間殺死她。」

是卡拉博的聲音。

如果是現代社會，驗屍時大概會拍照，但他省略了那種步驟。魔術迴路也可以進行詳細記錄，而且現代科學查出的證據想怎麼偽造捏造都做得到，魔術師根本不相信。

「……不過，凶手為何帶走頭部？是當作什麼魔術的觸媒嗎？」

「據說她持有未來視的魔眼。」

「哦？」

老人臉上的皺紋更深了。

再度望向屍體時，老師進一步補充。

「凶手是不是打算奪走她的眼球，所以連頭顱一併帶走了？」

「…………唔！」

在他身旁聽到這句話，戰慄使我渾身僵住。

老師的想法直指令人恐懼的思維。太過符合魔術師的風格，又與這輛魔眼蒐集列車太過相稱的動機。

Whydunit。

「目的是取得眼球，連頭顱一併帶走嗎？」

卡拉博摸摸下巴。

「從帶走的頭部摘除魔眼，那種事情有可能辦到嗎？」

「我想請教這裡服務人員的意見。」

老師向在背後待命的另一名服務人員——戴眼罩的拍賣師雷安德拉發問。

她微微點頭致意，肯定老師的話。

「憑藉我們的技術，在能夠妥善保存的前提下，要從頭部摘除魔眼很簡單。」

拍賣師冷冷地說明。

「我要補充的是，即使在魔眼蒐集列車以外的地方，移植魔眼本身也並非做不到。當然，成功的把握應該會大幅降低。」

最後一句話，同時是他們作為魔眼專家的自尊嗎？

聽到那番證言……

「那麼，我也想重新驗屍。結束之後，可以讓我和這位老先生談一會兒嗎？」

老師提議道。

＊

其他魔術師沒表達什麼反對，離開了房間。

在他們眼中，一名隨從遇害的小事似乎無須在意。

還是說，他們認為拍賣會的競爭對手受挫是意外的收穫呢？在以前的案件中也不曾體驗過的異常感受，再度在我體內深處盤旋。配上房間沾染的血腥味，異樣感好像變得更加強烈了。

當我緊揪住胸口……

「我可以問一個問題嗎？」

老師向老人攀談。

他跪在地毯上，拿出平常那支放大鏡一邊四處調查一邊說話。他時而對血液滴藥，勤快地抄筆記的模樣與其說是魔術師，更像一個世紀前的偵探。雖然一方面正因為老師是那樣的人，我才莫名地感到安心。

對此，坐在附近椅子上的卡拉博開口：

「什麼問題？」

「你不恨魔術師嗎？」

聖堂教會和魔術協會格格不入。那並非純粹的勢力或歷史問題，而是更加在思想層面的歧異。意圖隱匿保護神祕者與否定自己以外的神祕者，兩者之間決定性的隔閡。

於是，老人輕輕咂舌。

「嗯。坦白說，我認為這輛列車上所有的魔術師最好向神乞求救贖，然後全數下煉獄被烈火灼燒靈魂。」

從神父所說的是煉獄來看，他說不定很有良心。

因為那裡是無法進入天國者淨化靈魂的地方。煉獄儘管痛苦，但和地獄不同，並非真正罪人的去處。

「不過，這是兩碼子事。託付給我的黑鍵，不是用來刺穿哀悼已故同胞的女孩。」

這番話雖然簡潔，卻能感受到他的信念。

老師斟酌那番話語，緩緩地發問：

「卡拉博・佛藍普頓，你是不是持有感受型的魔眼？」

老人沒有立刻回答。

他緩緩地抬起目光，以鏽鐵摩擦般的嗓音反問。

「……為何這麼說？」

「考慮到你的年齡，比起購買魔眼，一般都會認為你搭乘這輛列車的理由是出售魔眼吧。說到底，聖堂教會應該不認可洗禮詠唱以外的魔術才對。你主動擔起驗屍工作，也是認為自己的魔眼有用處不是嗎？」

對了，伊薇特也說過類似的話。雖然老師在伊薇特的說明完畢後才抵達那裡，他好像也得出了相同的結論。

半晌之後——

「……看來瞞不住啊，君主。」

黑色肌膚的老人沉重地低語。

手指悄悄滑過眉毛附近的舊疤，他續道：

「我的眼睛，是過去視魔眼。」

「過去視。」

未來視的相反。

這不是奧嘉瑪麗她們說過的「彩虹」位階的魔眼嗎？

「對，沒什麼大不了的。雖然或許姑且算在你們魔術師所說的高貴之色裡，至少不是被人大驚小怪地嚷嚷著什麼『黃金』位階的東西。不過，我瞧瞧……小姑娘，妳今天早上替君主整理過頭髮吧？」

「……啊，是的。」

「妳動作很熟練。雖然君主說讓他再睡五分鐘，結果妳叫剛才那個卡雷斯扶著他，把頭髮梳好了。嗯，你們好像在調查什麼，但和案件無關嗎？」

「…………唔！」

我一瞬間倒抽一口氣。

因為卡拉博說到一半的事情，是失竊聖遺物的調查。

和睡眼惺忪的老師之間瑣碎的交流是連我都會忘掉的小事，但正因為如此，得以證實過去視一詞的可信度。

「我看得見那種程度的事。不過，不是可以隨時指定希望時間與地點的方便玩意兒。」

「總之，魔眼比你有更大的主導權？」

「發動在一定程度上能夠控制。由於魔眼特別容易被魔術或神祕濃密的時間吸引，倒也不會派不上用場。話雖如此，到了這個年紀，我受到魔眼影響的情況也漸漸增加。我本來就打算賣掉這個，跟拍賣師也談過了。應該會列在明天的目錄上。」

也就是說，伊薇特的預測幾乎都說中了。該說她不愧是魔眼蒐集列車的常客嗎？

老師像在思考什麼事情般停下手邊動作一會兒，然後續道：

「那麼，你看見凶手了嗎？」

「……不，看不到。」

卡拉博坦白道。

「看不到？」

「或許對方有受到某種防護。直到她坐在這張椅子上為止我都看得見，但身首分離前後的狀況很模糊，看不清楚。」

「…………」

老師陷入沉默片刻後，如此回答。

「那麼，對於持有未來視魔眼的特麗莎・費羅茲本人來說，說不定也是這樣。」

「……什麼？」

老人動作生硬地瞪大雙眼。

老師的聲音在血跡斑斑的房間內淡淡地響起。

「如果她早就察覺到危機，應該會採取某些措施，至少會警告主人奧嘉瑪麗才對。也就是說，不管是未來視還是過去視——不管是從過去或未來，都看不到她的死亡與那名凶手。」

那句話令卡拉博沉默。

不久後，老師彷彿在下定論般呢喃：

「簡直像是時間的透明人。」

雖然表達方式極為詩意，但我覺得與這情況很相稱。從過去或未來觀看都是透明的，她的死僅僅只位於現在。

「……不過，根本沒有保證能證實我所言屬實。什麼過去視云云，也許打從一開始就是胡說八道喔。剛才談到你們的早晨活動也一樣，找人打聽就行了。」

「沒錯。」

老師頷首。

「縱然如此，我想相信像你一樣試圖保護某人的人。」

老人一瞬間無話可說。

然後，他緩緩地搖頭。

「真不像鐘塔君主會說的話。」

「儘管不成熟，我自認有識人的眼光。最重要的是，魔眼這種現象並非技術，而是體質。是對人類來說最古老的魔術，既非術式也非學問，是不斷撼動大腦之物。這樣的話，理應也會規定持有者的生存方式吧。」

「……你以前也見過魔眼持有者？」

「生前的特麗莎告訴過我——持有魔眼代表接受被魔眼束縛。」

老人瞥了一眼被奪走頭部的屍體。

「不過，並不僅止於此。喔，雖然鐘塔的君主遇過多少魔眼持有者都是當然的……你真是認真看待啊。」

卡拉博說到最後摻雜著苦笑。

我第一次知道，這位一直板著臉孔的老人笑起來是這個樣子。

「對我來說，過去視是更粗暴的東西。」

他說：

「打個比方，就像只從身體扯出大腦，和陳舊的黑白底片一起浸泡在溶液裡。那個世界明明沒有眼球，唯獨訊息隨心所欲地入侵。對了，感覺就像附身在電影中的登場角色身上一樣。被一口氣灌輸角色觀點訊息的我，和只是從外部觀看電影的我同時存在。你說不現在定會覺得莫名其妙，但實際上的感覺就是這樣。」

「…………」

「人類會被看見的事物所囚，因此大腦的機制使人不能同時專注地看兩個事物。即使現在與過去的我分別存在，也只能看見一個東西。沒錯，總之看見過去，意味著無法生活在現在。自從我意識到這雙眼睛以後，連一次也不曾活在當下。」

那番話深深地直擊我的心房。

特麗莎也說過類似的話。對於與他人注視著不同世界的魔眼——老師口中的感受型魔眼持有者來說，那是種宿命吧？

舉例來說，如同從十年前開始，我再也無法用只屬於自己的身體生活一樣。

卡拉博突然轉向門口。

卡雷斯拉開房門。

「老師，奧嘉瑪麗小姐醒了。」

「……我所能做的，暫時到此為止了。」

老人說完後轉身。

「替我向艾寧姆斯菲亞的小姑娘問好。」

留下這句話後，卡拉博離開現場。

2

休息室車廂內充斥著寂靜。

雖然看起來和我們一開始上車時一樣，不過水果等消耗品悄悄地補充過。服務人員好像常駐於此，在我們回來前於奧嘉瑪麗的身旁服侍她喝紅茶，向老師點頭致意後離開了。

留下的只有奧嘉瑪麗和我們。

直到剛才都在照料她的卡雷斯一臉侷促不安，少女則在不久後開口：

「……沒什麼大不了的。」

奧嘉瑪麗哼了一聲。

她坐在沙發上，稍微伸懶腰般伸展交疊的雙手。

「哼，畢竟是魔眼蒐集列車，這點小事在我預料之中。」

她顯然在逞強。證據是她白皙的雙腿微微顫抖，眼睛也依舊布滿血絲。即使少女來自鐘塔的君主家系，也不可能有被孤獨地拋在這種地方的經驗。

（……萊涅絲小姐呢？）

她搞不好經歷過。直到掌握艾梅洛派殘存的權力為止，她似乎過著每次進食都必須注意食物有沒有下毒，隨身攜帶緊急口糧的生活。雖然就算這樣，也無法對奧嘉瑪麗構成任何慰藉。

老師只用一如往常沉穩的聲調開口：

「即使如此，若妳想在拍賣會上取得什麼成果帶回去，就再休息一下。我詢問過服務人員，他們好像會在其他空房為妳準備房間。」

「不需要，他們會清理房間吧。」

少女剛強地搖搖頭。

然而，那她今晚要睡在從小陪伴她的隨從遇害的房間裡嗎？

「再說，艾梅洛打算利用這種事，賣人情給艾寧姆斯菲亞嗎？沒錯，我們姑且同樣屬於貴族主義，我也不是不感謝你們。」

她一口氣說完後，瞪視著老師。

老師對此只是輕輕搖頭。

「不，我並沒有那種意圖，當成是我純粹一時興起就夠了。反正魔眼蒐集列車上發生的事情，在鐘塔不會受到重視。」

「你真的是君主嗎？」

少女以嚴厲的口吻詢問。

奧嘉瑪麗吊起眼尾，以反倒包含怒氣的聲調強硬地說。

「你可以再趁虛而入一點才對。哪怕艾寧姆斯菲亞是不涉入政治鬥爭，隱居深山的家系，君主就是君主。從在十二家中衰敗到身居末位的艾梅洛立場來看，這不是希望盡量強行施恩於我的時候嗎？」

「感謝妳的指導，女士。」

老師彬彬有禮地鞠躬，舉止絕無挖苦的意思。老師真的尊重少女的發言，並且語速徐緩地續道：

「但是，這對我來說像是一種信條。」

「信條？」

「過去在我還不成熟時，有人告訴我，那份不成熟正是霸王的徵兆。正因為目標超出自己的掌控範圍，才會苦苦掙扎。對了，據他所說，似乎還有把『正因在那遙遠彼方(τοφιλοτιμο)，才更顯榮耀』的荒唐方向當作人生基本原則的時期。」

老師拿起放在附近桌子上的蘋果，抬頭仰望。

不知為何，那顆蘋果看來像是地球儀。古代的王者曾經連大地是圓的都不知道，以遙遠彼方為目標邁進吧。王者連作夢也沒想過，不斷前進會繞行世界一周，因此才天真地深信人生的價值在於能走得多遠吧。

不知為何，跳遠選手掠過我的腦海。

極盡生命之所能奔跑的選手，最後高高地躍上半空。唯有最終在何處著地代表他生涯的價值，大致上就是這樣的意思不是嗎？

「他說過，不管願不願意，你遲早會找到自己的方向。不得不為此而戰的時刻總有一天會來臨……既然如此，我無法容許尚未找到方向的人白白斷送性命。這個思想比起鐘塔的權利鬥爭等事更加重要。」

「……霸王的徵兆？」

奧嘉瑪麗目不轉睛地盯著老師這樣回應。

「你──在聖杯戰爭中，有人對你說過那種話？難道是你召喚的使役者說的？」

「是的。」

「真可笑。」

少女輕蔑地頂撞。

「使役者是主體英靈的模擬像，相當於馬上會消散的影子。既然是足以名留人類史的人物，說話大概也有些內涵，可是役使使役者的魔術師深受使役者的言論影響，豈非本末倒置？」

「怎麼會……！」

我試圖反駁。那段回憶對老師來說應該不容侵犯。誰有權利輕蔑地認定他的回憶可笑呢？

然而──

「或許是吧。」

老師只露出微笑，將蘋果放回桌上。他彷彿在說，因為珍惜的事物收藏在心裡，光是這樣就足夠了。

「我會通知他們幫妳換房間。幸好我們隔壁的房間應該空著，遇到什麼困擾就告訴我們——卡雷斯。」

「啊，是的！」

卡雷斯點頭回應老師的呼喚。

「你可以陪著她，直到她想回房為止嗎？」

「可以啊。就這麼放手不管，我也覺得不好意思。」

當眼鏡少年同意時，奧嘉瑪麗咧嘴想爭辯，不過或許是判斷在此時狠狠拒絕也沒有任何好處，她撇開目光，咬著大拇指指甲。

老師看到她的反應後掉頭離開，我也跟著往客房車廂走去。

在我們背後……

「奇怪的傢伙。」

傳來少女的聲音。

聽起來極為焦躁不安——有些寂寞的聲音。

「……奇怪的傢伙。」

奧嘉瑪麗留在休息室車廂的聲音，再度傳入耳中。

*

案件發生後，列車沉浸在堪稱奇特的沉默中。

那是因為大多數的受邀賓客都躲在自己的房間內，採取確保安全的措施。比起進攻，魔術師在能力上本來就更擅長防守，考慮到萬一有殺人魔混進魔眼蒐集列車的情況，先加強各個房間的魔術防禦是基本前提。

不過，說到所有人是否都害怕地躲在房間裡，答案為否。

其中一個人——約翰馬里奧．史琵涅拉站在穿衣鏡前整理衣服。他拍掉白色軟帽上的灰塵，重新打好領帶，也仔細地拉直西裝的皺摺，同時興高采烈地哼著歌。

理由立刻分曉。

房門緩緩地打開。

「你好。」

「嗨，太好了！我正擔心妳可能不會過來呢！」

「約翰馬里奧．史琵涅拉。」

化野菱理再次呼喚那個名字。

「關於你剛才表示，想和我談論有關案件的線索一事……」

「啊，對對對！」

花花公子拍了一下手。

「話雖如此，也不必急著談正事！先喝杯葡萄酒如何？不愧是魔眼蒐集列車，名貴的上等陳年葡萄酒相當齊全。像這瓶瑪歌堡就是我以前沒喝到的。難得偶然同乘列車，製造一點回憶不是也很好嗎！」

「我告辭了。」

「等等！好快，太快了！」

約翰馬里奧誇張地責怪，但菱理回以不可動搖的笑容。縱使是經過媒體鍛鍊的高壓手段，面對拒絕所有討價還價的笑容也只得認輸。

「好～好～我懂了我懂了！這就進入正題！」

他舉起雙手說道。

他自己倒了杯準備好的葡萄酒，一邊轉動酒杯一邊低語：

「比方說，如果我說我對那種殺人手法有點印象呢？」

約翰馬里奧這句話讓菱理瞬間瞇起眼睛。

「可以請你簡短地陳述重點嗎？」

「大約在七年前，這件事情曾在各處成為話題。沒錯，就是那個不搶值錢的東西，只帶走被害者頭部的殺人魔。」

那是非常獵奇的犯罪行為。

光滑的眉間皺起，菱理反問理所當然的問題。

「如果發生過那種案件，我不認為媒體會置之不理。」

「因為鐘塔控制了消息。」

約翰馬里奧聳聳肩。

「呃～東方的講法是班門弄斧來著？說來理所當然，即使在鐘塔，法政科對表面社會的影響力也超越群倫。我心中有底，鐘塔會控制消息，代表那個殺人魔應該和神祕有關聯。畢竟神祕應當隱匿，是鐘塔不可動搖的第一原則。嗯，本來就涉及神祕的話，和我們不是關係相當接近嗎？」

「——總之，你的意思是，過去的殺人魔目前來到這輛魔眼蒐集列車上了？」

菱理以冷冷的聲音說道。

那種事情幾乎是都市傳說。偶然和殺人魔搭乘同一輛列車，聽起來只像糟糕的B級恐怖片，不過如果這樣說，魔術師和魔眼蒐集列車原本不也是童話中的存在嗎？

「我以為妳搞不好知道什麼喔。畢竟法政科的別名是第一原則執行局吧？」

約翰馬里奧的眼中蘊含著犀利的光芒。

不過，菱理停頓一下後搖搖頭。

「很不湊巧的是，我七年前尚未加入法政科。我不知道你對法政科有何看法，但我們的管理沒鬆懈到可以輕易閱覽自己職責範圍外的訊息。」

「那還真可惜。」

約翰馬里奧抬頭仰望天花板。

他順勢舉起酒杯，喝了一口後說：

「不瞞妳說，在鐘塔大力掩蓋消息時的主播是我的朋友。本來以為事情順利的話，能從妳那裡一口氣得知當時的真相呢。」

「你有什麼目的？不僅僅是出於好奇心吧。」

女子直截了當地問。或許稱得上很符合法政科的風格。為了作為魔術師們的統率者擷取訊息，不需要多餘的情緒。

「哈哈哈，有三成左右是好奇心啦。」

所以，約翰馬里奧也用開玩笑的口氣坦率地說。

「上電視呢，意外地有趣喔。不管怎麼說，我也大賺了一筆，對喪屍開一槍就有一萬美元進帳。像我家那種二流家系不再需要考慮咒體和觸媒得花多少錢，毫無疑問是媒體帶來的恩惠。」

約翰馬里奧彷彿在作夢般眼泛淚光。

在他的手腕處，紅酒如絲線般從傾斜的酒杯灑落。有黑影從他西裝的袖口湧向滴落的

酒液。

是蜘蛛。

好幾隻蜘蛛鑽動，群聚地在男子手上爬來爬去。

可是，從菱理身上感受不到任何動搖的氣息，彷彿在說她看慣了那樣的使魔。在某種黑魔術中，用昆蟲或小動物當使魔的人很多，約翰馬里奧或許也是其中之一。

「不過，已經夠了。」

花花公子開口。四處爬行的蜘蛛接連出現，從酒杯灑出的酒一滴也沒沾到西裝上。

「我想當個魔術師。」

約翰馬里奧吐露願望。

「我之所以在電視上與表面社會取得成就，也是因為其他魔術師不會這樣做。用相同的才能做相同的事，結果不可能有多大的差異吧？既然如此，徹底利用可以利用的東西追求到底就行了。」

花花公子的想法與某種新世代是共通的。既然魔術迴路及魔術刻印是仰賴祖先，作為魔術師，憑藉少許的才能無法進入高階層級。那麼，在因循守舊的古老家系不會接觸的事物上——例如現代科學與乘勢切入的媒體逐步取得優勢，是更具效果的戰術。

不過，這一點也絕非必然。

即使在十二君主中，安謝洛特的當家就以熱衷於流行事物著稱，當然像剛才提及的一樣，法政科也自古以來就透過王族與政府機構，維持對媒體的影響力。

在這些前提上，約翰馬里奧優雅地轉動杯中剩餘的葡萄酒，悄悄地飲盡。

「與法政科建立聯繫管道，用黃金或寶石魔眼華麗出道。哎呀，怎麼樣？這計畫豈不是很完美？」

「還不壞。」

菱理始終沉穩地說。

於是，約翰馬里奧露出燦爛的笑容，宛如最好騙的冤大頭就在眼前的詐欺師般說：

「怎麼樣？到拍賣會開始前，我們攜手合作吧？」

3

就算在起霧的森林中，也只看得出天空彼端正逐漸染紅。

那是黃昏的色彩。穿過鬱鬱蒼蒼的茂密枝葉縫隙間，慢慢地侵蝕霧氣的色彩，和幾小時前目睹的血色重疊在一塊兒，我按住胸口。一如往常，我覺得唯有心跳能稍微將我拉回現實之中。

卡雷斯還陪伴著奧嘉瑪麗。

只有我與老師來到最後一節車廂的平台上。

「這裡是指定的會面地點嗎？」

我環顧四周說道。

魔眼蒐集列車的車廂在火車頭及後面兩節車廂後，連接著餐車、休息室車廂及大約五節客車車廂，最後又是兩節相連的貨運車廂。

這段貨運車廂部分姑且也開放進入。

貨運車廂內部幾乎是空的，只放著幾個木箱與麻袋。儘管和其他車廂相比簡單得令人驚訝，不過這裡本來也不是受邀賓客會進去的地方。或許是按照經理的興趣，根據從前的三等客車廂仿造而成。

信上指定的地點，就是這個車尾。

老師走到平台上，沐浴在涼颼颼的風中注視著接連遠去的鐵軌。目前寫信者沒有接近的跡象。我提高警覺注意四周並小聲地問：

「奧嘉瑪麗小姐她不要緊嗎？」

「謀殺在鐘塔很常見，在與君主相關的家系中更是如此。話雖如此，她沒料到命運會像那樣降臨吧。」

老師以苦澀的聲調說道。

「就算我能幫她爭取時間，但是否能夠接受是她本人的問題。」

這麼說的老師，作為魔術師多半相當天真。

正如奧嘉瑪麗所言，這是應該賣人情的事情。因為承擔了那麼大的風險，為了讓接受幫助的對象放心，反倒應該挺頭挺胸地表示這是當然的回報。老師大概也明白這一點，卻不那麼做的理由……我覺得比起單純地遵守信條，還連繫到更深層的地方。

老師知曉魔術師及一般人雙方的倫理。

老師一路以來總是以雙方的思想與邏輯審判凶手，解決案件。

可是，老師果然也有只屬於他自己的特別規則。Whydunit——動機為何？最接近的多

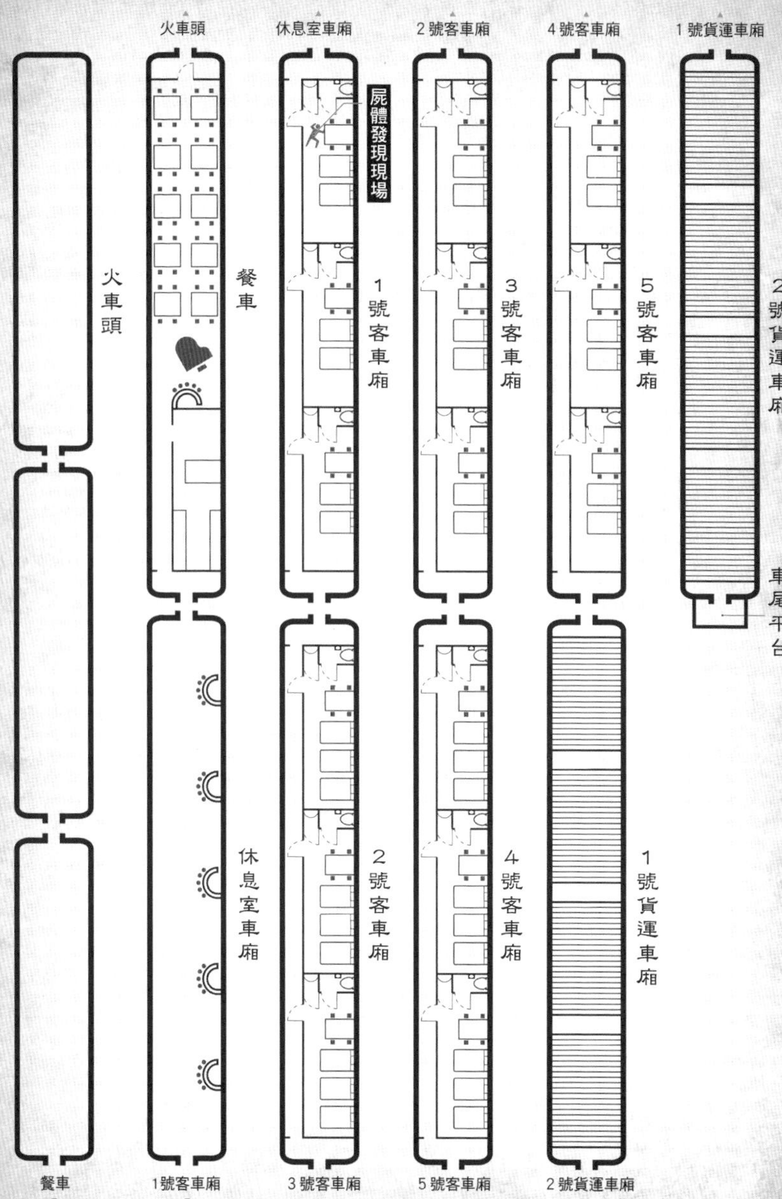
魔眼蒐集列車　車內配置圖
火車頭
休息室車廂
2號客車廂
4號客車廂
1號貨運車廂
屍體發現現場
火車頭
餐車
1號客車廂
3號客車廂
5號客車廂
2號貨運車廂
車尾平台
休息室車廂
2號客車廂
4號客車廂
1號貨運車廂
餐車
1號客車廂
3號客車廂
5號客車廂
2號貨運車廂

半是那件聖遺物，而稱作第四次聖杯戰爭的那段時間，形成了老師人格的核心。

然而——

我認為不只那些。

我認為老師的規則也好、老師的Whydunit也好，都還有無從推測的深層存在。雖然要問那是什麼，我仍然說不出個所以然。

「……照這個情況，不可能逃到外面嗎？」

老師忽然低語。

「這是指什麼呢？」

「是地點的問題。」

老師看著迷霧籠罩下的森林，抬起手指。

「方才停車之處也一樣，這片白霧中的空間半異界化了。不管從外面入侵或逃出去都很困難。除了正式受邀者上下車時以外，即使是魔術師也難以出入。」

「舉個例子，沒辦法靠飛行逃出去嗎？」

「我不會說毫無可能，不過人類要單體飛行本來就很困難。」

老師的回答讓我輕輕皺起眉。

雖然我絕非魔術師，姑且也在鐘塔學習聽課。其中閃爍著一段令我在意的記憶。

「……可是，我在全體基礎的課堂上聽過，漂浮與飛空的術式很簡單。」

「嗯，講師是克雷格教授吧，他應該是覺得太理所當然而省略了細節。只論術式的確極其單純，但得加上魔力若能維持的前提。」

「維持魔力？」

「如果是讓小石子短時間漂浮，一般實習魔術師也辦得到。然而，質量越是增加，魔力消耗越會以懸殊的程度上升，到了相當於人類的質量就非常困難。至於有幾個例外這一點，是符合魔術特色的奇妙之處。」

「例外嗎？」

當我反問，老師微微點頭。

「女巫騎掃帚在空中飛翔的童話，妳也聽過吧？那是人類自古以來一直相信的魔術基盤：黑魔術的一種。再加上女巫的軟膏，使用者會如字面意思般變得『不腳踏實地』。」

我記得魔術基盤應該是指人的信仰，或類似的邏輯刻印於土地上的狀態。

我在鐘塔課堂上好像聽過，只要在那片土地之內，就有可能增強或削弱特定魔術的威力云云。

「呃，也就是說，若是女性魔術師就可以飛翔？」

「算是吧。不過即使是這種情況，要保持清晰的意識飛行也很困難。畢竟女巫的軟膏是一種毒品。先不談普通的天空，處於迷幻狀態下在這種異界化的空間長距離飛行，算是自殺行為吧。」

「……原來如此。所以在這裡辦不到……」

要穿越這片白霧，的確得飛行很長一段距離。

我總算切實地感受到老師所說的話。就算魔術是萬能的，操縱魔術的人類卻有種種極限。這果然也是我在鐘塔課堂上學到的話嗎？

「若只是很短暫地漂浮，那有專用的禮裝。另外，至少也能讓召喚出的低級靈滑翔。不過，要做到確實的長距離飛行在現代難如登天，這就是結論。如果非得達成，至少必須湊齊色位(Brand)等級的魔術師，在自己的土地進行等確保魔力供給的條件。即使在靈脈旁，幾乎沒調整為適用於人類的靈脈，對如此龐大的魔力供應沒有用處。」

……不過，還有橙子旅行那種犯規招式就是了，老師發牢騷。但沒有仔細說明，代表他判斷那種方法的合理性，不足以在這個場合談論吧。既然魔術的可能性分為許多方向，若將所有訊息都塞過來，我只得昏倒了。

符合老師風格的體貼讓我露出苦笑時，無意間仰望天空。

「……雲變多了呢。」

雖然因為霧氣難以分辨，烏雲漸漸籠罩上空。

剛才漸漸浸染世界的緋紅，這次逐漸染得烏黑，模樣已經宛如血液。在人類體內時明明那麼鮮豔，一流到外面，轉眼間就和氧氣結合發黑。如同生命的碎片消融於空氣般，紅被塗成黑。

——難道……

我差點嘀咕出聲。

我不經意地注視遠去的風景，某種光芒映入眼中。

「……那個、是……？」

「格蕾？」

「老師，有什麼東西正在靠近……！」

若非在車尾這裡，恐怕無法從列車上發現。

就算這樣也很遠。不，位置不佳。當我急忙望向周遭，尋找有沒有更好的眺望地點時，一聲巨響迴盪。

「——打雷？」

然而，大自然中有這麼突然的雷擊嗎？

我想到亞托拉姆．葛列斯塔在雙貌塔施展的天候魔術。不過，那不是集數十人之力從許久以前開始準備，只對本來就容易下雷雨的天候提供了一點助力而已嗎？即使是優秀的魔術師，都不可能在這種——老師口中半異界化的地方重現。

「到這邊來！」

我縱身躍起抓住梯子，爬上列車車頂。

老師也跟了上來。他能在搖晃的車廂頂部勉強站穩，是因為用半吊子的魔術「強化」

過雙腿和腰部吧。

又有閃電落下。

距離近到閃光徹底剝奪我們的視野。使全身麻痺的衝擊傳來。我護住老師，本能地摀住耳朵，張開嘴巴。

老師方才說過。

就算是魔術師，人類要單體飛行也非常困難。我也理解了那番言論。

那麼，對方是從何處前來的？

我停頓片刻後，抬起低下的頭。

「——啊，真的來了。」

威嚴有力的聲音傳至漸漸恢復聽力的耳裡。

那是一位美麗的女性（人）。

年齡約二十歲左右。

個子高挑。並非單純是身高問題，明明站在行駛中的列車車頂卻絲毫沒使勁的身姿，使女子顯得更為高大。一頭剪齊的微捲黑髮隨風飛揚，眼眸是左右異色的金銀妖瞳（Heterochromia）。柔韌的身軀穿戴著樸質的皮革及金屬製的鎧甲，腰際佩戴著尺寸短但易於使用的直劍。

「明明或許是陷阱卻投身其中，這種行動該輕蔑為愚行？還是該讚賞擁有實力足以驅散敵人的剛毅？好了，你們認為自己屬於哪一種？」

鎧甲女子直盯著我們流利地說。

她乾脆的語調可以說讓人產生好感，不過那天生與眾不同的雙眸彷彿看清我們內心深處，依然目不轉睛地盯著我們。

最重要的是，連一路以來見過數十名魔術師的我，看到女子的裝束都實在不認為她是現代人。

（簡直就像……）

簡直就像從童話故事裡溜出來的角色……

「嗯，怎麼了？我以為語言相通，難道話中摻雜了現代不使用的語句？」

「…………」

我搖搖頭，甩掉多餘的想法。

現在需要的不是那種想法，而是更迅速地提出問題的行動。

「……妳是偷走老師物品的竊賊嗎？」

我沒有提及聖遺物。如果是當事人，這麼說就會懂，不是的話沒必要給予她額外的訊息。不知道她是否有察覺到我的想法，女子對我的答覆展顏一笑。

「哈哈哈，原來如此，沒有錯。我是那個竊賊的追隨者。」

她快活地笑著。

當美女露出笑容，人們大都會比喻為花卉或寶石。說不定也有人會寄託於果實或藝術

上。

這名女子散發出鐵的氣味。鐵若生鏽，氣味會與血非常相似。可是，帶著鐵本身味道的女子很罕見。那是劍，是鎧，是盾，是縈繞著參戰爭霸者的香味。

「把東西還來——！」

我邁步向前，意識放在右肩附近，以隨時拔出自己的朋友——武器。

「格蕾。」

老師從背後叫住我。

通常這種時候，他會謹慎地辨別對方的狀態。不管我失控到什麼地步，老師總會扮演正確的煞車角色拉住我。

然而，此刻的老師不太對勁。

他的聲音微微變調，呼吸紊亂。

是從看見女子時開始的。我一瞬間以為老師見過她，但下一句話讓我知道並非如此。

「妳是誰？」

他發問。

「哼。」

鎧甲女子嘀咕。

「……這張臉真看不順眼。」

她倏然豎起手指。經過充分鞣製的皮革護手不妨礙每一根手指的動作，她接連不斷地痛批。

「吝嗇、心胸狹隘、陰沉又古怪、有起床氣、淨是看些發黴的書籍、明明卑躬屈膝卻傲慢、明明一臉我飽嚐艱辛的樣子，等結束後一看卻是把情況搞得最混亂的人。怎麼樣，統統說中了吧？」

「唔……」

我無法反駁。她簡直像在逐一描述老師的生活。

她指出的毛病全都正確，儘管如此，發出譴責的女子厭煩地咂舌。

「看不順眼，完全看不順眼。明明在尤米尼斯身上看膩了那種古怪的臉，在這個時代還得看？」

「尤米尼斯？」

老師複誦那個名字。

不對，這情況或許說他僵住了更正確。

「好歹聽說追隨過他，我還以為是怎樣的魔術師，沒想到是這樣的窩囊廢。不，甚至遠遠不足以和尤米尼斯相比，半點也比不上。我當然沒期待你具備阿蒙神神官或亞里斯多德的睿智，但以你這副德性，乾脆把那半吊子的大腦挖出來給猴子吃了還好一點。」

老師依舊茫然自失地呆立不動。

他的神情悲愴至極，連被落雷劈中都比那種狀態好得多。看起來也像終於發覺了沒發現才幸福的真相。

他的喉嚨一動。

「妳……！」

「終於發現了？雖然早已失去身為主人的什麼狀態透視能力，你的直覺也有些遲鈍吧？他之所以找你過來，單純是以我的興趣為優先。但你完全沒那個價值。啊，受夠了，煩死了，太厭惡這張臉了。」

她的措詞極為片面。

可是憤怒的我還來不及抗議，結果就產生了。

「所以，去死。」

女子重踏列車車頂。

她只朝來到我斜後方的老師跨出一步。用令人驚訝——甚至超越我吸收魔力的體能拉近距離，拔劍！

「老師！」

我也撲向斜後方——老師的方向，揮動右手。

「咿嘻嘻嘻嘻！事情發展太出乎意料啦！」

剎那間，我解開右肩的固定裝置（Hook），展開亞德。它像魔術方塊般反覆高速旋轉及分解，在我手頭變化成死神鐮刀（Grim Reaper）的形狀。

堅硬的聲響傳遍四周。

變型完成的鐮刀，勉強擋下女子的劍。

「哦？」

形狀漂亮的嘴唇低喃。

「了不起。迎面接下攻擊嗎？似乎比波斯的小兵像樣些。」

「妳、妳是……！」

嘰哩嘰哩——死神鐮刀發出哀鳴。

女子的劍確實是把利劍，但似乎不是在此之上的寶具或概念禮裝。不過，在她手中揮動起來，武器會變成某種凌駕於武器的事物。

「記著，具備戰鬥技術不代表足以當個戰士。作為戰士，是所有肉體、意志與靈魂的問題。」

我甚至差點忘記此處是列車車頂的事實。

這名女子的存在方式太過遠離現實，讓我產生置身於古代戰場的感覺。明明魔術師與魔眼蒐集列車也極異乎尋常，即使如此，這名女子也是壓倒性的超群魔性。

（這是什麼——？）

危險信號在腦海中警鈴大作。

不可碰觸。不可接近。不可產生牽連。要明白連流露出興趣都會面臨生死關頭。就連和冠位魔術師蒼崎橙子對峙時都沒那麼強烈的警報，正全力要求我遠離她。

不過，我無法後退。

女子揮下的劍再度與死神鐮刀劇烈衝突。

（好、沉重……！）

她的劍迅速、凌厲得驚人。但在此之上，每一擊都具備異常的重量。震得我擋下攻擊的手發麻，直透骨骼。劍上灌注著必定要殺掉對手的強烈意志。

她提到戰士。

戰士不是單純習得戰鬥技術，而是肉體、意志與靈魂的問題。

那麼，她是……

「……是使役者！」

答案從背後傳來。

如獻祭內臟一般，那聲吶喊中帶著痛切的聲調。

「格蕾！她是境界紀錄帶(Ghostliner)——留名人類歷史的英靈具現化！」

「哈哈，妳的老師忠告給得有點晚啊。」

女子笑了。

她面帶笑容，一劍橫掃劃過。

這一次我全力吸收周圍的魔力，用力一踏車頂。我鑽過隨著列車細微搖晃，變慢一點的劍光縫隙，朝後方後空翻。

我在落地時腳步踉蹌。

縱然如此，女子的劍還是掠過了大腿。

「哦？真有趣的雜技表演。妳剛才吸收了我的魔力吧。」

鎧甲女子看了看佩劍，愉快地聳聳肩。

「雖然那種能力在現在的我眼中像天敵一般，可悲的是規模太小了。即使是貓，體型只有老鼠的百分之一大也沒有意義。如果是一般的亡靈，明明只用剛才那招大概就會消滅了。」

光聽到亡靈一詞，寒意就竄過脊背。

不過唯獨此刻，我對於眼前對手的恐懼更為劇烈。我緊咬牙關，忍著冷汗，往雙腳使力。因為若不這麼做，我很可能會昏過去。只要鬆懈片刻，整個人連同內臟一併翻轉過來的錯覺在眼皮底下閃過。

實際上，別說內臟，憑她的劍要將我砍成兩截應該也是輕而易舉。

「啊，老師是個蠢蛋，但弟子還不賴。有些人會忍受不了沉重的壓力交出腦袋，不過妳意外地堅持嘛。若不是在這種情況相遇，我很想把妳放在身邊培養，不過這樣也是一種樂趣。」

女子笑了。

「作為獎勵，讓妳見識一樣好東西。」

她沒有動作。

僅僅注視著我。

金銀妖瞳。我初次意識到她右眼懷抱著夜空的黑暗，左眼懷抱著青空的色彩。意識到的同時，彷彿要將人吸入其中的藍色光輝，緊緊附著在我的腦海。

連多餘的動作也沒有，一工程(Single Action)。

光是這樣，我的身體動作僵硬轉向旁邊。我只能茫然地瞪大雙眼，看著緩緩舉起的死神鐮刀違反我所有的意志刺向老師。

「魔……眼……？」

「你們好像稱作強制的高貴之色？這結局很適合這個場面吧。」

滲出藍光的眼眸愉快地笑著。

「我的神尊崇瘋狂，享受著陶醉與酩酊造成的喜劇與悲劇。我認為師徒相殘的畫面非常適合，不過……唔，你似乎帶著什麼多餘的玩意兒。看來當今的魔術師準備得相當充分。」

「……妳……」

老師依然按著眼鏡，踉蹌數步。

為魔眼蒐集列車準備的禮裝，似乎勉強防禦了女子的強制力。

然而，我們不能安心。我的身體徹底遭到控制，一開始顯得僵硬的動作緩緩地熟練起來，逐漸拉近我與老師之間的距離。

「喂喂喂喂格蕾！來真的來真的嗎！喂！」

嗡，鐮刀揮動。

在列車車頂，紅色飛散於夜色中。

鐮刀以毫釐之差只劃破老師肩頭，描繪出一道弧線，停在女子的咽喉處。

「——哦？那把鐮刀還有這樣的技能？」

女子以劍擋下鐮刀，識破了我行動的實情。

我以死神鐮刀放出的魔力，半是強行地洗刷自身的魔術迴路，清除魔眼效果。話雖如此，處理差點沒趕上，若再遲個幾秒恢復自由，我已經親手砍下老師的頭顱了。

「那就沒辦法了。我原本希望你們能自己做了結，有個好一些的下場。」

女子大幅後退，輕聲嘆息。

她猛然舉劍刺向烏雲。雖然她的姿態像要劃破天空般傲慢，但我不由分說地察覺到這絕非玩笑，那把劍充滿非比尋常的魔力。

我立刻一蹬車頂。

「別想得逞——！」

「不，太遲了。」

灌注龐大魔力的利劍揮下。

有什麼事物豁然從虛空中顯現。

我知道，空間被撕裂了。不，只是看起來像那樣，實際情況也許是靈體的實體化或更加不同的現象。無論如何，唯有突然顯現的物體擠開空氣，製造驚人的衝擊餘波撞向我們是事實。

肌膚陣陣刺痛。

這也是第一次發生的情況。我難以吸收過於龐大的魔力，身體發生排斥反應。

「咿嘻嘻嘻嘻嘻！糟糕糟糕糟糕！格蕾，那玩意兒不可能！只有那玩意兒不可能！只有那玩意兒，就算是我和妳對上它也糟糕透頂！」

亞德叫喊。

雷電再度落下。

從烏雲中拖曳而下的好幾道閃電打在鎧甲女子身旁，給予祝福。

那是帶著紫色閃電的雙駕戰車。不是現代武器，而是在古代由馬等動物牽引，在戰場上四處奔騁的蹂躪象徵。

「——什……麼？」

我聽見茫然的聲音。

那也是當然。因為牽引戰車的是白骨，雖然僅有骨架，形體看起來是長著健壯翅膀的蜥蜴——不，是小型龍嗎？那幅無前肢的形態，讓我想起應該早在很久以前滅絕的幻想種雙足飛龍。

看見由骨龍牽引的戰車，老師的表情逐漸改變。

「……怎麼、會……」

「老師？」

不過，我也明白理由。

這是寶具。與收藏於亞德內側的神槍同種類，超越人類智慧的武具。不僅如此，極度惡質的是，我也預料到了那件寶具的真面目。

在談論魔眼蒐集列車時，萊涅絲說過。

——「聽說他有兩個寶具。」

——「一個是供奉於戈爾迪翁神殿的戰車——神威的車輪。」

「我名叫赫費斯提翁！」

女子勇猛地咆哮。

「史上最偉大的征服王——伊肯達的第一心腹是也！」

女子——赫費斯提翁一跳上戰車握住轀繩，戰車就在空無一物的半空中奔馳。

宛如神話般的英姿大幅描繪出一道弧線，朝我們衝來。牽引戰車的骨龍每踏一下，閃電就炸裂開來，迸發出相當於先前落雷的威力。渺小的人類如果被那紫色閃電飛沫擊中，無疑會當場斃命。

「老師！」

我緊抱住他的身軀，胡亂跳躍出去。

當我們一起摔倒在列車車頂上時，猛烈的能量團塊從背後刮過。雷風蹂躪世界。穿越背後的戰車成為破壞的化身，森林樹木活像鉛筆還是什麼般一一倒下。

（阻止不了——！）

那種東西不可能阻止得了。

假使有方法阻止，也只有一個。

看見戰車再度描繪出弧線，單膝下跪的我緩緩地舉起亞德。死神鐮刀上有幾顆眼球睜開。周圍的魔力充裕。總之運轉迴路吧。應該化為原本機制(System)的時刻就是現在。

「Gray（昏暗）……Rave（喧鬧）……Crave（渴望）……Deprave（誘人墮落）……」

「不行，格蕾！」

老師反抗。

「在立足點這麼不穩定的地方使用，我們也無法全身而退。再說，對方甚至還沒真名解放。」

「可是！」

戰車不斷加速逼近。

已經——不，照這個情況，打從一開始就來不及解放。

老師緩緩站起身，取出平常用來切茄帽的小刀。他不會是想用那種刀具挑戰英靈吧？

渾身僵住的我雙眼圓睜。

「哈哈哈，你要自殺嗎！」

「……怎麼可能。」

老師走上前，小小的刀刃在他手中閃爍。

消瘦的身軀被戰車與閃電吞沒。耀眼的雷光甚至使日夜顛倒，那聲凶猛野蠻的咆哮，甚至壓倒落雷。

「AAAALaLaLaLaLaie！」

命運已決。

疾驅橫跨半空中的雷電飛馳是絕對的。遭到骨龍踐踏、車輪碾碎的肉體將不成人形。那股威力已非對人寶具，達到對軍寶具的領域。即使是以現代武器武裝的軍隊，一旦慘遭蹂躪後也無法免於毀滅。

巨響震耳欲聾。神威的狂飆，甚至用破壞這些詞彙描述都太過輕微。

下一瞬間，我們被衝擊吹走。

（…………唔！）

在專注到極限的視野中，一切宛如慢動作般緩慢。

頭上腳下的我看見貨運車廂的車門敞開。這讓我終於察覺，被吹走的我們正往列車旁墜落。

「老師！格蕾小姐！」

「卡雷、斯先——！」

少年從那道門中伸出手。

我墜落的同時，和老師一起拚命抓住了那隻手。經過「強化」的手在短短一瞬間支撐住我們的體重，我先將老師的身軀推進車上。自己也在一秒後於空中旋轉半圈，撲向貨運車廂內。

我以猛烈之勢轉頭望向窗外，此時女子和戰車的身影已然遠去。

「……沒……追上來……？」

「……因為用那種東西撞列車，等於和魔眼蒐集列車本身開戰……雖然原因不得而知……至少那個的主人沒有那樣的打算吧。所以，他才會指定在那個地點會面吧。」

老師背靠著車廂牆壁，一屁股坐到地上無力地回答。

然後，他抬頭微笑道：

「很高興你來了，卡雷斯。」

「我很著急啊。我從剛才就感覺到落雷帶有魔力，所以過來查看情況，發現老師面對著像怪物一樣的戰車。」

「啊。」

那句話令我注意到。

應該是原始電池的魔術修練，讓卡雷斯對電力流向變得敏感。大概連老師也不曾想過會造成這樣的結果。

「……我們也拜此所賜得救了。」

老師細微地呼吸著。

一個小陶壺滾落在他腳邊。陶壺似乎打從一開始就有裂痕，滾動幾圈後呈蜘蛛網狀龜裂，破碎散落。

「……雖然是原始電池的控制術式……並非直接擊中……就扛得住嗎？」

這讓他大大嘆了一口氣。

卡雷斯眨眨眼。

「老師切斷了頭髮嗎？」

老師切斷了一縷髮絲。

我也終於發現，剛才那把小刀不是用在敵人身上，而是用來切頭髮的。

「……這其實是女性魔術師常用的王牌。頭髮不管用來保存魔力或作為儀式的觸媒都很方便……哼，畢竟我沒有才能。就算全身掛滿禮裝也沒有意義，即使如此，我還是想準備一兩招殺手鐗。」

該不會……

老師留長頭髮是出於這個緣故？

他將用在原始電池上的魔術增幅，像避雷針般讓威力逸散。不過就算削減了威力，我們與那輛戰車還是有巨大的差距。在衝撞之前，單是風壓就將我和老師吹走了。

即使這樣，我們還是倖存了下來，機率應該相當於奇蹟。因為只要被骨龍踢到一下，無論老師或我都會喪命。

「……對方手下留情了。如果當真動了殺意，這種小把戲不會管用……不過，話說回來……對方是怎麼召喚那個的……？為什麼……我不曾見過的……王的心腹會……？」

「老師——？」

想攙扶他的卡雷斯屏住呼吸。

老師靠著牆壁的大衣背部有一半已經碳化。多半是被吹走時造成的。老師應該和我一樣「強化」過全身，然而效果有必然的差距。再加上同時施展避雷用的術式，依照老師的實力和魔術迴路，不可能維持萬全的效果。

「瞞著……其他服務人員……」

隨著空虛的呻吟，他的身體傾倒。

「老師！」

「老師！」

沒有聽見我們的呼喊。

老師搖晃的身軀直接向前倒下。

✦ 第四章 ✦

1

幸好在我們狂奔回客車廂時，沒有人看見。

由於那樁凶殺案的影響，其他受邀賓客應該也都避免外出。當我拉開我們個別房間的門扉，一頭銀髮的女孩赫然回頭。

「你、你說過不能放著我不管，為什麼擅自跑出去！」

被帶來這個房間的奧嘉瑪麗眼泛淚光地抱怨時，看見我懷裡的老師後僵住了。

「呃，他怎麼了？這是怎麼回事！」

「抱歉，請讓開！」

我急忙確保空床，放下老師。

一脫掉他上半身的衣物，皮肉燒焦的難聞氣味傳入鼻間。我忍著反胃感，以小刀割開快要沾黏住的部分。原本這時候應該找列車服務人員索取醫療用品，但老師交代過不許透露，現在束手無策。

「……卡雷斯先生。」

「我知道，雖然我的治癒魔術效果有限。」

我立刻交棒給少年。

我讓老師側臥在床上，避免背部碰到床鋪。而卡雷斯把陶壺放在附近，伸手遮蓋於上方，淡淡的紫色閃電掠過。

「那是……」

「原始電池的應用。雖然我還在和老師一起研究。」

卡雷斯咬住下唇。

「調整生物電流提升老師本身的治癒能力，並盡可能地活化精氣。可是，只靠這些不知道有多少用處。要是有強大的魔術刻印，情況就完全另當別論就是了。」

據說若是特別古老的魔術刻印與一流魔術師的組合，即使身受致命傷，刻印也會強行讓持有者活下去。遺憾的是，老師顯然不符合這兩項條件。

他的呼吸紊亂又短淺。

光聽呼吸聲也會被迫認知到，他承受到多嚴重的痛擊。自己在這種時刻什麼事也做不到，我甚至覺得無力感正嘎吱作響地壓碎我的心臟。

「……他被凶手打傷了嗎？」

奧嘉瑪麗問道。

「不清楚。」

「什麼意思？」

「我們遇襲是事實。不過，那終歸是我們的事。我無法判斷下手者和襲擊特麗莎小姐的凶手是不是同夥。」

我誠實地回答後，奧嘉瑪麗微微皺起眉頭。

只有卡雷斯竭盡全力地維持著治療魔術。我不得不覺得，不時在昏暗房間內閃耀的微弱紫色閃電，就像老師隨時可能熄滅的生命之火。

我在他身旁跪下。

心臟猛烈跳動著，冷汗冒個不停。

宛如自己的核心直接遭到撼動，淚水無從壓抑地溢出眼眶。我到底有多久沒這樣流淚了。

「他對你來說那麼重要？妳又不是魔術師，什麼都不是吧？」

奧嘉瑪麗問我。

她知道我不是魔術師，或許是聽卡雷斯說過。

「我是寄宿弟子。」

我依然低著頭回答。

「即使不是魔術師，我也是老師的寄宿弟子。」

「……是嗎？」

不知道是否接受了我的答覆，奧嘉瑪麗離開身邊。

不久後，她從放在室內的手提包裡取出某樣東西。

「既然如此，用這個怎麼樣？」

少女遞給我一個美麗的小瓶子。即使不看典雅的設計，也感覺得到瓶中蘊含著某種古老的魔力。

「這是……？」

「德魯伊的靈藥。特麗莎為了慎重起見給我的，不過我沒機會使用。畢竟再怎麼樣，我也不認為這種藥能使人長出頭顱。聽說藥效大致上是萬能的，隨便抹一抹就行了吧？」

聽到少女輕鬆寫意的話語，卡雷斯回頭看去。

「德魯伊的靈藥！就是《普林尼》上記載的純正萬靈藥？」

「聽好了，這麼一來，艾寧姆斯菲亞不欠艾梅洛人情了。如果那傢伙保住一命，你們就一五一十地告訴他。」

少女將小瓶子硬塞給我後轉身。

她打了個哈欠。

「那麼，晚安。」

奧嘉瑪麗揮揮手，在一張床上躺下。

即使經過一段時間，我也沒聽見她發出入睡的鼻息聲，但塞過來的小瓶子讓我整顆心漲得滿滿的。我小心翼翼地將藥倒在掌心，塗抹在老師背上，順便撕開旁邊的床單，煮沸消毒之後包紮傷口。

我不清楚這種藥有多少用處。

只是又經過一段時間後，我覺得老師的呼吸好像變穩定了。

「卡雷斯先生……」

「……我不知道。不過，感覺我的魔術變得比較容易生效了。」

少年的側臉也慢慢發白。

持續施展魔術不僅消耗專注力，也消耗體力。就算不明白那是怎樣的痛苦，我只知道需要付出非比尋常的代價。

（……神啊，懇求祢。）

我有多久不曾向那種東西祈禱了？

得知自稱為赫費斯提翁的英靈真實身分時，老師悲愴的神情在我的腦海中縈繞。那究竟是怎麼樣的心情？沒想到會和一直想重逢之人的心腹像那樣交手。

所以──

（……請別給予老師……這麼悲傷的死亡。）

我只能一心一意地祈禱這件事。

2

陽光從個別房間的車窗斜照入室內。

就算隔著霧氣，我也不可能認錯清爽的朝陽色彩，此時終於發現有人在我的肩頭蓋上毛毯。

「——老師！」

「老師還沒醒。」

卡雷斯無力地笑著。

也許是因為比我早起，他愛睏地揉揉眼睛。

「但是好像度過了危險期，德魯伊的祕藥果然了不起，治療魔術也暫時結束了，因為老師肯定受了重傷，還無法醒過來就是了。」

「……謝、謝謝你！」

我不禁低下頭。

少年消瘦的臉龐看起來宛如天使。

然後——

「早安。」

奧嘉瑪麗也在床上伸個懶腰，抬起上半身。她瞥了老師一眼，裝傻地說「看來他沒死成嘛」，稍微整理頭髮後將目光投向卡雷斯。

「只靠靈藥應該無濟於事，我還以為在這裡無從救治，但你的能力意外地還不錯嘛。怎麼，治療魔術是你擅長的領域？」

「不算擅長。我幾週前才剛向老師學到電力魔術。」

「啊，幾週前？」

少女從口中發出尖叫。

「什麼？你是人不可貌相的天才嗎？」

「不是，那個……真的，我以前學魔術時花費好幾年都沒適應得那麼好，雖然修練過降靈系和各種魔術，但完全沒有成功的手感。」

「哈，我是有聽說過艾梅洛教室的傳聞……」

奧嘉瑪麗眯起眼睛，一臉艱澀。

她嘆了一口氣後，不情願地對我們開口：

「可以告訴我詳情嗎？」

「那個……」

卡雷斯看了支支吾吾的我一會兒，幫忙說話。

「我覺得無妨，格蕾小姐。」

「……是嗎？」

「她已經牽涉太深了……而且她身為艾寧姆斯菲亞的成員，也有聖杯戰爭的知識吧。考慮到目前魔眼蒐集列車的狀況，我們應該為了彼此著想，互助合作。我認為老師如果清醒，也會得出相同的結論。」

卡雷斯斬釘截鐵地說道，而我目不轉睛地凝視著他。

直到不久之前，我還覺得他不適合鐘塔，也許是我判斷錯誤了。倒不如說，在迫於必要時有可能隨時驟變的人格，作為魔術師很理想。據說他擠掉更有才能的姊姊繼承了魔術師家系，搞不好是在那種特質上凌駕於姊姊吧。

「對了，藥的事情也希望你們感恩。」

「妳明明說過兩不相欠了。」

我也冷靜地吐槽，堵得奧嘉瑪麗說不出話。

無論如何，這麼一來我也下定了決心。我簡單扼要地告訴她至今的案件，只省略了聖遺物相關的消息。

「使役者？」

少女拉高語尾。

「真的嗎？直接召喚具有生前人格的英靈現象，除了在冬木市的聖杯戰爭以外不可能發生。不可能出現在英國吧？假設術式存在好了，少了那裡的大聖杯就容納不了那樣的術式。」

據說有術式能非常局部地借用英靈或神靈的力量。我曾在課堂上聽過，在降靈科也會傳授那類魔術。

可是召喚英靈本身的儀式，一般而言不可能實現。

「……不，姑且不論術式，召喚本身也許不在冬木也做得到？不過即使可以，應該會成為三大家族的特權才對。」

少女閉起一隻眼睛嘀咕。

老師偶爾也會這麼做，看來不告訴別人，獨自思索似乎是魔術師共通的習慣。是隱匿神祕這個第一原則的緣故嗎？在偵探小說等作品裡，經常出現不想在假說階段將推論告訴別人的藉口，不過感覺和那種橋段有某些不同。

奧嘉瑪麗再次問我：

「真的是使役者嗎？」

「呃……我認為她的寶具無疑是真的。同樣認識伊肯達寶具的老師也覺得那很眼熟……最重要的是，那無庸置疑並非人類範疇內的物品。」

沒錯，區區人類魔術師不可能模仿寶具。

雖然上個月老師有展示過名為投影的魔術，但那個要短暫地模仿外觀就使勁全力了。

模仿寶具本身這種事……至少我在鐘塔課堂上聽過的範圍內不可能。

少女觀察我的表情一會兒……

「那麼，事情的確並非與我無關。」

她下定結論。

「這是什麼意思？」

「使役者必有主人。更何況，那名使役者是用寶具追蹤這輛在半異界化空間內流浪的魔眼蒐集列車吧？這樣的話，使役者的主人在列車上的可能性極高。」

「…………唔！」

那個事實令我倒抽一口氣。確實，我們是來尋找偷竊聖遺物的竊賊，或許當然應該考慮到這種狀況。

「事情越來越麻煩了……然後呢，對方是什麼樣的使役者？」

「……她說她是赫費斯提翁。」

「嗯，伊肯達的部下？」

「妳知道嗎？」

「怎麼可能不知道。赫費斯提翁在伊肯達的眾多部下中，是最有名的人之一。」

奧嘉瑪麗如此斷言，哼了一聲。

「以心腹的意義來說，他是名列第一。畢竟他和伊肯達一起在米埃札學校學習，一起接受大學者亞里斯多德教導，一起在阿基里斯和帕特羅克洛斯墓前獻花，最後還娶了同一名男子——大流士三世的兩名女兒。」

「娶了……女兒？」

我好像聽到奇怪的話，忍不住複誦。

「是啊。這部分我應該沒說錯。」

「咦，可是，剛才的……赫費斯提翁是女性……」

「是女性？啊，應該是在軍隊形式上，以女性身分從軍會有問題。從伊肯達的品行來看，讓人謊報性別當將軍這點小事還算好了。嗯，有那樣的理由反倒可以接受嗎？如果光是讓他信任的童年玩伴發跡就做得太過火了，不過赫費斯提翁很可能曾立下文獻沒有記載的戰功之類的。」

奧嘉瑪麗揮揮手。

儘管我至少知道伊肯達的大致經歷，但部下的名字和瑣碎的逸聞實在是在所知範圍外。話雖如此，即使她是魔術師，在知識上輸給年約十一歲的少女讓我有點傷心。

同時，我也對童年玩伴若是女性，會做出讓她謊報性別，加入軍隊這種事的英雄——伊肯達是怎樣的人產生興趣。

「總之，如果真的是赫費斯提翁，和伊肯達使用相同的寶具也是當然的。」

「是這樣嗎？」

我不禁往前探出身軀。

「——因為他也是伊肯達。」

奧嘉瑪麗則簡短地告訴我。

「這也是著名的傳說。過去伊肯達和赫費斯提翁造訪時，大流士三世之母分不出誰才是王，不慎在赫費斯提翁面前跪下。依據當時的王者權威，她被判處什麼刑罰也不足為奇，據說伊肯達對此卻回答『因為他也是伊肯達』，一笑置之。

如果赫費斯提翁是女性，難以想像只是單純地認錯人，可能有什麼內幕，不過同一段掌故昇華為寶具的話——例如，赫費斯提翁也能使用伊肯達的寶具——像這樣置換也不稀奇。」

我啞口無言。

所謂的寶具，是一種可說是英靈象徵的「力量」。那並非單純的武器或兵器，而是讓英靈得以成為英靈的傳說與傳承化為形體的概念。在某種意義上，可以說是比名字更深刻的英靈本身。能夠無條件使用其寶具的對象，不就是如字面含意一般的一心同體嗎？

被那種人物評斷為「看不順眼」，否定老師的事實讓我感到難過。

老師是懷抱著什麼心情聽著那句話的呢？

「那麼，我也有問題想問。」

奧嘉瑪麗拋出開場白後發問：

「你們是伊肯達的聖遺物遭竊了嗎？」

「…………唔！」

我不得不再度僵住。

大概是看出我的表情變化，少女無可奈何地抱起雙臂。

「我當然會發現了。」

她一臉無趣地說：

「在第四次聖杯戰爭，躺在那邊的君主召喚的是伊肯達吧。雖然我不知道伊肯達的聖遺物是什麼，與伊肯達有關的物品幾乎必定也跟赫費斯提翁有關。與其認為赫費斯提翁是從諸多英靈中碰巧受到召喚，推測對方使用了相同的聖遺物作為媒介比較自然吧。」

少女的預測漂亮地道破我的疏忽。

原來如此，對君主家系的成員而言，隨時動腦思考似乎是理所當然的。現在我也能理解萊涅絲為何會形成那種特質了。那未必是她獨特的個性，而是經由環境磨練出的才能。

「總之，這代表偷竊聖遺物的人成為主人，召喚了赫費斯提翁……不只如此，那個主人還在這輛列車上嗎？」

「可能性很高。雖然不清楚對方為何不召喚伊肯達，而是召喚赫費斯提翁，又為何約我們來這輛魔眼蒐集列車。」

話說到此——

「不過，赫費斯提翁和一般情況相反呢。」

奧嘉瑪麗低語。

「什麼地方相反？」

「之前提到我們徹底調查過聖杯戰爭的歷史吧？一般而言，使役者好像會盡可能隱藏真名，避免暴露弱點。取而代之，會以套用的職階稱呼英靈，例如劍兵(Saber)或槍兵(Lancer)等等。」

少女說到這裡暫時打住，將手指放在下巴處沉思。

「不過，即使得知那個使役者的真名，也不知道她的職階。用過相同寶具的伊肯達是騎兵(Rider)，照狀況來看，我認為她應該有接近騎兵(Rider)的特性。」

「妳認為他們職階相同嗎？」

「很難講。」

奧嘉瑪麗搖搖頭。

「我本來就沒有全盤相信你們的說詞。只是如果相信的話，這部分讓我感到不可思議而已……那麼，剩下一個問題。」

她隨著列車晃動，豎起食指。

卡雷斯代為說出那個問題：

「凶殺案的凶手是不是赫費斯提翁的主人嗎？」

「沒想到你很清楚嘛。」

「只是資料太少，不足下判斷。能作為線索的，頂多只有凶手帶走遺體頭部這點。」

少年說完這番話後，兩人一起陷入沉默。

到此為止似乎是依現狀所能設想的界線。憑我的腦袋連跟上討論內容都很吃力，暫且拚命地消化大量湧入的訊息。

──失竊的伊肯達聖遺物。

──使役者赫費斯提翁。

──魔眼蒐集列車上的凶殺案。

──被奪走的頭部。

──彩虹魔眼。

如果之前再仔細詢問關於伊肯達的事就好了，我暗自心想。我應該發問的，而非覺得問這些會對不起老師。雖然想都想不到在這種地方會需要相關訊息，我依然可以做些什麼不是嗎？

我看著躺在床上的老師。

如果是老師會怎麼想？他會怎麼連結那個使役者與魔眼蒐集列車上發生的凶殺案？怎麼加以分析？怎麼拆解謎團呢？

（比方說……）

我努力地追尋記憶。

——「觀看是人類歷史上第一個魔術。」

——「因為在人類的五感中，視覺處理最多訊息。」

來到這裡前，老師說過的話。

魔眼在魔術的歷史上，占據怎樣的位置？

平常的老師應該會從那些事情中找出案件的解決方法。我遠遠不及老師，不過卡雷斯和奧嘉瑪麗都在身旁，所以我想著是否至少能發現線索，不斷地動腦思考。

轉動、轉動。

轉動、轉動。

我專注地潛入記憶深處。連兩人不知何時重新展開的對話都沒聽進去，埋首於被喚醒的影像與聲音中。

疑問忽然脫口而出。

「……對了……預測是什麼意思？」

「妳是指什麼？」

「不，那個，因為特麗莎小姐說過她是預測的未來視。」

我回想的同時，回答反問的卡雷斯。

——「簡直像是時間的透明人。」

老師與卡拉博驗屍時呢喃的話，像根刺扎在心頭，令我掛懷。

聽到我含糊的話語，卡雷斯閉上眼睛半晌。

「……不。雖然限定於只依靠人體功能存在的部分，據說未來視和過去視兩者皆有預測和測定兩種種類。」

少年說完後豎起兩根手指。

「預測正如其名。像我們也會做的一樣，知道將球放在斜坡上，球會滾下去，是這種演算的延伸，是因為能力的持有者具備驚人的記憶力與計算能力引發的現象。不過，若是意識到這些工程，大多數人作為人類的人格都會毀損，因此好像大多數都在潛意識中進行。」

「……呃……總之，是普通的想像嗎？」

「理論十分普通。可是在這種情況，在潛意識中進行的記憶量和演算量應該超出了大多數人類容許的範圍。我們在進化過程中經過最佳化而得以站在這裡。魔術師雖然是有過去指向的人類，身體仍在大致上得到現代人類的規格。若要在規格上加入懸殊的記憶量和演算能力，就算理論很普通，人類也承受不了過程的異常。

舉例來說，我們以大致的『印象』掌握這個場面。三人的名字與表情、豪華的列車個別房間、床鋪與桌子和列車規律的搖動等等粗略的印象。然而，進行預測的未來視的人類連細微的光線顏色、每個音節的聲調高低、眼球每0.1秒的轉動，甚至連體味變化與飄過窗戶的霧氣濃淡都會記憶下來，從環境與人千絲萬縷的關係中演算一個世界……這種行為就算在潛意識中進行，也很可能燒壞大腦。」

「……記憶和演算……」

我勉強推敲著卡雷斯的話語。

靠我愚笨的頭腦，顯然無法完全吸收這些訊息，即使如此，我仍覺得有些不對勁。我思索半晌，終於找到不對勁的理由。

「可是，那個……與其說是眼球，不如說是屬於大腦的領域吧？」

「雖然得視情況而定，不過據說從魔術觀點來看，眼球是作為某種魔術迴路運作，並進行這些記憶及演算。」

對了，魔術迴路好像還可以像某種電腦一樣記錄儲存。在這種情況下，所謂預測的未來視也是類似的現象嗎？

「相比之下，測定更為異常。雖然同樣以記憶力與演算能力為前提，相對於預測是被動、防衛性的能力，測定則是積極——我認為甚至可說是攻擊性的。」

「積極的嗎？」

「沒錯，那是積極地影響未來的異能。亦即……」

卡雷斯一邊思考一邊望向四周。

他拿起桌上的便條紙，流暢地描繪圖形。

「這個是什麼？」

「時間的結構圖。看了會很好理解有許多未來正在擴展吧。」

對於卡雷斯的發言和圖形，我也微微點頭。

總而言之，就是選項。用右手還是左手端起眼前的杯子？未來的概念成立於無數個這類的選項上。同樣的，無數條路徑也在卡雷斯的圖形中從現在的一點，呈放射狀連結到未來。

「剛才說到，預測是記憶從過去到現在的所有資料，並演算未來可能性的能力。相對的，測定是自己先決定走向哪條未來路線，透過下決定來限定他人的選項。」

自己決定用右手還是左手端起杯子。

結果，連周圍眾人的反應與行動都受到束縛。因為測定的意思是主動出手決定──測定未來嗎？原來如此，這是與預測截然不同的行為。即使同樣是未來視，指向有如水與火一般，有很大的差異。

「據說基於這種理論的差異，測定的準確度大幅高於預測。雖然在系統上好像只看得見自己正好在場地點的未來，不過一旦測定決定了，那個未來就會被固定。限定未來的效果可以說是如此具有決定性。」

感覺有某種冰冷的事物刺進腦袋。

固定未來。

時間的結構圖

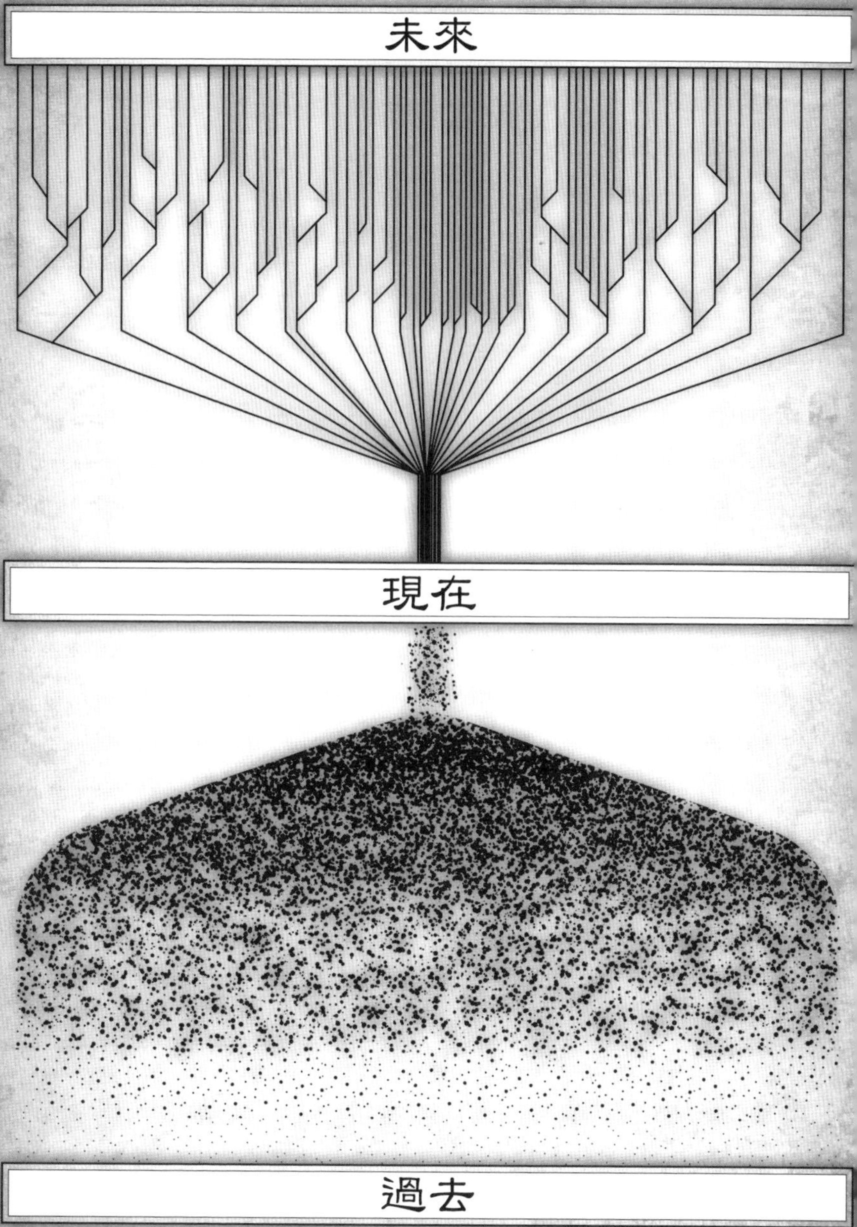

現在

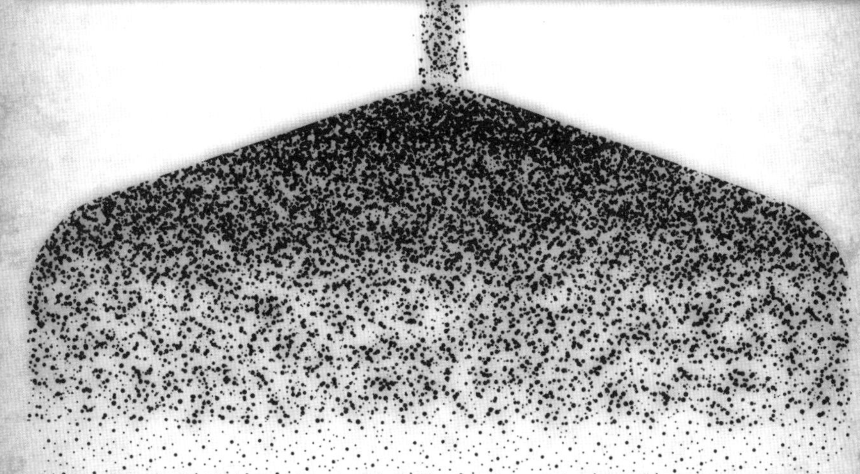

過去

好像自己觸及了那句話具有的本質上的恐怖。

如果有人擁有這樣的雙眼，會過著什麼樣的人生？像官僚作風般，不斷完成幾天前經過的未來的魯莽行為。絲毫不存在的自我意志。自己所見到的未來之奴隸。

眼球與本人，選擇未來的究竟是哪一方？

我克制任意發散的想像，輕輕頷首。

「……我好像……明白了。過去視也一樣嗎？」

「是的。」

卡雷斯肯定。

「不過，不同於未來視，過去視的預測與測定之間好像沒有區別。在大多數情況下，似乎連本人也難以分辨。」

「是這樣嗎？」

「那邊我也試著畫一下好了……相對於無限擴張的未來，過去就像座沙丘。」

卡雷斯在通往未來的無數條路線對側補上一座小沙丘。

遠遠看去，圖形就像個漏斗。從未來經由各種路線抵達的沙粒，在現在被逐一擠壓成一粒一粒掉落至名為過去的沙丘。

所謂的時間，是這樣的事物嗎？

「一粒一粒從未來滑落至現在的沙粒，掉落到過去之丘上。像這樣繪製為圖形，很容易理解時間和三度空間的熵(Entropy)一樣，帶有某種向量吧。」

時間的流逝、熵。

像沙漏一樣。未來時時刻刻成為現在，現在時時刻刻成為過去。任何人都留不住──無從挽留，由這個宇宙規定的單行道。

「無論是預測後統合的結果，還是以自身行動為起點測定，既然是過去，那個過程就大同小異。硬要說的話，頂多是因為測定是以自身行動為起點，範圍會較小，精密度會較為提升。」

既然測定的未來視之威脅在於「固定未來」，那種現象和早已被固定的過去無關。

說到此處，卡雷斯一臉歉疚地補充：

「只是，沒有人曾看見過去本身，根據一部分現代魔術和量子力學，其實連過去都不確定……雖然也有人這樣主張，什麼我們以為的過去只不過是記憶和紀錄……不好意思，這方面的課程我還沒修完……」

「沒、沒關係，很充足了。」

我瞬間有種聽老師講課的心情。

我瞥了一眼躺在床上的老師。即使這個人倒下，他培育過的事物也並未消失，我感到一絲安心。

也許是眼見談話暫時告一段落，被晾在一邊的奧嘉瑪麗無聊地哼了一聲。

「然後呢，那些事怎麼了？」

「不，老師他說過，不管從未來視還是過去視都找不到凶手——簡直像是時間的透明人。」

對了，論及那件事時，奧嘉瑪麗被打昏了。

「時間的……透明人……」

銀髮少女低聲說完後抬起頭。

「有人對那方面更了解嗎？」

「呃，關於魔眼，伊薇特可能知道得更詳細一點，但是……」

正當卡雷斯說話之際——

一段廣播在魔眼蒐集列車內迴盪。

3

「——羅丹卿。」

拍賣師開口。

低沉的聲響在周遭迴盪，響徹車廂整體。在好幾個壓力錶、調節閥拉桿、煞車閥拉桿與注水器的另一頭，傳來鐵與煤互相燃燒發出的悶響。

此處是受邀賓客唯一不能進入之處——魔眼蒐集列車的火車頭。

其實，列車大半的動力是依靠魔力，不過這個火車頭反倒有許多仿照古典蒸汽火車頭的部分。因為從前的經理是喜愛這類風格的人。

或者說，也許是死徒。

即使魔術實力卓越或能力超乎人類領域，仍舊在某些地方偏愛人類留下的痕跡，這是拍賣師所知的死徒特質。

「準備好了嗎，雷安德拉？」

車掌沒有回頭，依然瞪著幾個計測器，呼喚拍賣師的名字。

「是的。已確認指定的魔眼在群魔眼球庫（Pandemonium）中，看來這次也能順利地舉行拍賣會。」

「實屬萬幸。這次的主打是？」

「我不知道。」

拍賣師回答。

「因為一如往常，只有代理經理才知道是哪一位客人。」

和從前經理尚在時一樣，連魔眼蒐集列車的服務人員也不會被告知誰是拍賣會上作為注目商品的魔眼之主。

至於例外情況，只有目標對象直到拍賣會開始前都沒有主動出現——或是收到邀請函卻不搭乘這輛列車，此時代理經理才會告訴他們對象是誰。她並未告知他們對方是誰，代表對方肯定不是已經上車，就是將以今天追加的受邀賓客身分上車。

雖然是個怪異的習慣，至少羅丹和雷安德拉都可以接受。

對他們而言，唯一重要的是順利舉行過去經理留下的魔眼拍賣會這件事。作為實現這個目的的機制，他們只覺得自豪，不可能感到疑惑。

直到現在，經理的面容依然留在他們心中。多半就像直到他們消亡，直到列車最後一顆齒輪風化為止都不會褪色的薔薇。

他們效命的是那樣的人物。

拍賣師不經意地問：

「你對凶殺案作何看法？」

「雖然對客人來說很遺憾，這種程度的糾紛很常見吧。」

「是啊，大約五年會發生一次。」

拍賣師也認同。

在想靠自有資金贏得拍賣會的情況下，提前殺害麻煩的競爭對手——這種強硬手段在這輛列車上經常上演。要是認為這次也是其中一件，就沒有什麼好不可思議的。奪走頭部這種怪異的殺害方式，唯獨在魔眼蒐集列車上也絕不值得驚訝。

「聽說被害者持有未來視魔眼，若是有人要求我們替他從頭部移植魔眼的話，怎麼處理？」

「若是受邀賓客，當然是視為售後服務接受要求。」

「一如往常呢。」

「一如往常。」

羅丹頷首。

無論生與死，他們一直以來都像這樣接納。過去的經理為了樂趣而開始舉辦拍賣會。既然經理沒交代停辦，區區人類社會的善惡判斷不可能有介入的餘地。

拍賣師也一派理所當然地頷首，如此補充道：

「對了，昨晚似乎有些騷動。」

「那位不速之客嗎？」

當然，車掌也察覺那道落雷並非普通的氣候現象。列車是半異界化的空間，但反倒正因為如此，偶然因素會逐一遭到排除。

「不過，對方看來無意與本列車挑起事端。只要不對列車運行造成阻礙，我無意涉及客人的內部情況……當然，若是代理經理下了什麼指示則另當別論。」

「……說得也是。」

羅丹斬釘截鐵地說完後，拍賣師再度跟著認同。

如同他對格蕾所說，他們也幾乎沒見過現在的主人。那個像是在大海盡頭看見的海市蜃樓。儘管他們幾乎已化為運行魔眼蒐集列車的機制，卻也正因為如此帶著極度乾渴的寂寞。

好一陣子，只有蒸汽聲充斥火車頭。

不久後，拍賣師再度發問：

「怎麼了，羅丹卿？」

「列車的前進方向發生異常。」

羅丹淡淡地開口。

可是，與他長久共處的拍賣師察覺，消瘦車掌的神情間流露出非比尋常的焦急。

「雖然難以置信，有人對鐵軌動了手腳……看樣子，我們的目的地會掠過腑海林(Einnashe)之子。」

車掌嚴厲地瞪著壓力錶，拿起廣播用通訊器。

*

化野菱理沒有前往餐車，點了客房服務。

她確認過，今天的事前演練會將安排在追加的受邀賓客乘車後舉行。既然發生了那樣的凶殺案，也不需要無謂的交流。

她用前菜等餐點補給最低限度需要的營養。

「……以前的經理性格可真糟糕。」

她開口道。

雖然聽說拍賣會本來是經理為了炫耀蒐集(Collection)的魔眼而舉辦的，因為這個目的，特地將魔術師們關進密室空間裡太過火了。既然至少必須在拍賣會當天及隔天搭乘這輛列車，對於魔術師來說，靠資金無法取勝就考慮殺人是理所當然的吧。

總之，在炫耀魔眼的同時順便享受人類互相殘殺的場面——這場拍賣會大致上是基於這樣的意圖形成。菱理強烈地感受到，設計者想將短短數日凝縮成慾望漩渦的思維。

「這樣一想，艾寧姆斯菲亞的隨從遇害很合理嗎？」

就算這裡是密室空間，難以在日後指出凶手，殺死君主的血親——下任繼承人就太超過了。要嚇唬才十一歲大的女孩，只要殺死隨從就夠了。凶手說不定是那麼想的。

Whydunit。

菱理本來就不打算追查凶手，沒有必要進一步思考。純粹是作為日常生活的一環，反射性地整理情況而已。只是像看見加法算式，心中會不由得浮現答案般，理所當然地做出凡是法政科成員應該都會做的事。

「…………」

她的手指撫摸脖子。

身首分離的頭部，有未來視能力的特麗莎也無法窺見的死亡未來。雖然沒問過她屬於哪一種，預測的未來視無法看穿突發意外等情況。可是……

經過一陣子，菱理仰望天花板。

「——向各位乘客報告。」

廣播聲響起。

＊

「特別節目！約翰～馬里奧！史琵涅拉的！喪屍烹飪秀列車抒情版！今天也跟約翰馬里奧一起享受烤焦的喪屍料理吧！」

高亢的旁白響徹整個餐車。

白帽子飛上半空，同樣是白色的西裝漂亮地翻飛。當表演者揮舞手臂，連理應不存在的散彈槍都活靈活現地投射在觀眾腦海內，活像恐怖分子般開始往車內掃射。

「好啦，這次不用烹調只需要吃，這麼輕鬆真好！首先是這道看來超讚的義式薄片生牛肉！嗯，鯷魚和香脂醋醬汁帶來強烈到刁鑽的衝擊！喔喔，粉紅酒也是絕品。值得開散彈槍慶祝！發出慘叫吧，觀眾們！」

約翰馬里奧旋轉一圈，撈起一片牛腰肉做的義式薄片生牛肉，被美味感動得顫抖。料理本身非常單純，但畢竟食材的品質很好。至於粉紅酒則以清爽與香醇的滋味滋潤舌頭與喉嚨，讓人產生這裡是天堂的錯覺。

「喂助導，快送加點的喪屍過來！我說過吃到美食就毆打喪屍腦袋打一顆星，吃到更可口的美食就拿散彈槍抵著心臟打三顆星，難吃的話就兩種都給主廚來一套，確實幹掉他吧！」

「好的，約翰馬里奧先生，請用這個！」

旁邊遞上一個喪屍玩偶。

他用手刀模仿柴刀，插進玩偶頭部，又比出手槍動作接住拋起的軟帽，一口氣做完一連串動作。

「腦漿噴散，頭顱落地，連心臟也由吾接收！喪屍烹飪秀列車抒情版到此落幕！」

噠噠！男子還在椅子上靈巧地跳著踢踏舞，擺出浮誇的架勢。

約一名觀眾的鼓掌叫好聲席捲餐車。

「哎呀，真榮幸！沒想到能現場觀賞喪屍烹飪秀！」

「哈哈哈，我才想道謝，下次發通告給妳，錄影時也來參加吧！妳一定會做得很棒，眼罩粉毛助手喪屍！」

約翰馬里奧對餐桌對面的眼罩少女盛讚有加並眨眼，彷彿聽得到聲響。

她是伊薇特·L·雷曼。

「請給我大筆出場費喔。」

「只要妳用魔眼騙過那些白痴製作人的話！」

呵呵，少女露出微笑。

她也在座位坐下，一邊從眼前的餐盤取用早餐，一邊改變話題。

「那麼，約翰馬里奧先生有看中的魔眼嗎？昨天的炎燒和掠取都相當出色。」

沒錯。

終點終究是拍賣會。區區一名隨從遇害，不可能對這個終點造成影響。既然今天有追加受邀賓客抵達的可能性很高，她想掌握第一天就上車，志在必得的對手作何打算。

「知道了有什麼用。我們在拍賣會上彼此是敵人吧？魔眼又不能分享。」

「不不，你瞧，我家無意移植新的魔眼。畢竟我的眼睛是這個樣子——鏘鏘～！雷曼的加工魔眼～！」

扯開的眼罩底下露出寶石。

不是作為位階的「寶石」，是真正的礦石。雷曼家的祕儀是將寶石加工，製作成精密的魔眼。

「唔！」

「所以，我要的只是作為研究對象的魔眼。魔眼蒐集列車也提供售後服務，購買後可以請他們過一陣子再移植，不然你移植後來我家也可以，這樣不是能互助合作嗎？」

這個提議很難向化野菱理提起。

因為這是以個人魔術師的身分交易，她多半是以法政科成員身分行動，根本沒有討論的餘地。

「艾寧姆斯菲亞也是，好歹作為君主家系，說不定會獨自買下所有魔眼……對吧。」

「哈哈，說得好！」

儘管為財政危機所苦的艾梅洛不太可能採取那種行動，艾寧姆斯菲亞與法政科雙方都很可能以龐大的資金展現威力。此時，必須立即改變目標，視情況而定，就算和數名魔術師合謀也要確保強大的魔眼……就是這麼回事。這是目標不放在個別魔眼上，想要魔眼作為研究對象的伊薇特獨特的戰略。

「聽起來還不賴呢。」

約翰馬里奧捏著下巴。

「那邊的老爺子也加入如何？即使你是賣家，就沒什麼希望由他買下的對象嗎？」

「……沒有。我沒有那種欲求。」

他朝坐在較遠座位上的老人揮揮手，但卡拉博只沉默寡言地搖搖頭。

於是，在那一刻——

「——嗯？」

「——什麼？」

那段廣播也在餐車內響起。

4

「——向各位乘客報告。」

廣播聲傳來。

「本魔眼蒐集列車已偏離指定路線。照目前預測，三十分鐘後將衝進腑海林之子。」

車掌淡然地以冰冷的聲音告知。

我從後續的廣播內容得知偏離指定路線代表的意義。

「雖然會給各位添麻煩，直到拍賣會開始前，請各位乘客自行保障各自安全。」

「……什……」

我的聲音不禁變調。

也就是說，廣播在通知我們列車即將衝進那種危險地區。警告我們，甚至連列車內也不保證安全。

聽到突如其來的內容，不只我，卡雷斯和奧嘉瑪麗也瞪大了雙眼。

這顯然是意外。沒想到連魔眼蒐集列車本身都被逼得陷入那種狀況中。

「這也是凶手搞的鬼？還是赫費斯提翁？」

「不清楚。也不知這兩種算不算同個意思。」

卡雷斯聲音生硬地回答。

「只是……看樣子，現在沒時間管凶殺案了……」

匡噹——車身大幅晃動。

緊靠在床頭板上的奧嘉瑪麗臉色一變，指向車窗外。

「那是——」

我和卡雷斯順著她纖細的手指望過去，也屏住呼吸。

「是雪……」

天空開始飄雪，交雜在先前的霧氣中。

細雪立刻化為猛烈的暴風雪。宛如遠方白色神祇的氣息，風雪不斷增強。這是廣播所說的腑海林之子的影響嗎？消息已經不可能是誤傳，事態顯然正急轉直下。

嘰哩——室內傳來聲響。

那是咬緊牙關的聲音。

「……只要按照廣播內容，堅持到拍賣會開始就行了吧？」

「奧嘉瑪麗小姐。」

「話說在前頭，我根本不是你們的同伴。作為艾寧姆斯菲亞成員欠的人情也已經還清了。」

奧嘉瑪麗斷然說道。

她站起身邁開步伐，一頭銀髮如美麗的漣漪般搖曳著。

「我會靠自己，一個人就夠了。不，一個人才好。因為特麗莎確實教導過我，讓我得以獨當一面——更重要的是……」

銀髮少女回頭凝視著房間內的床鋪。

「在這種情況下，你們能保護好那位老師嗎？」

「…………唔！」

我無法回答，只能目送少女關門離去。

正如她留下的那句話。無論凶殺案、魔眼拍賣會，甚至是來襲的使役者都已經遠離我的意識。面對按照廣播內容，將在三十分鐘後降臨的地獄，身受重傷的老師——艾梅洛閣下II世依舊尚未清醒。

而我只能難堪地呆站在原地。

幕間

——回溯一段時間。

昨天。

即格蕾一行人搭乘魔眼蒐集列車後第二天的事。

在現代魔術科的斯拉街道，教學大樓的大廳裡響起了怒吼。

「夠了，閃開！我有事要找的只有萊涅絲・艾梅洛・亞奇索特一個人——喔咳喔喔喔喔喔！」

（……唔，吐血了吧。）

辦公室裡的萊涅絲皺起眉頭。

「那個」是稍微活動一下就會吐血的生命體。站著吐血，走路吐血，跑步的樣子活像染血的喪屍。只有外表好看，是缺了造血藥連一天也活不下去，帶到任何地方都很丟臉的古怪玩意兒。

坦白說，她很想就這麼假裝不在，卻不能如此。

半晌，青年提著小提琴盒從門後現身。

「女士！這是怎麼回事！嗚咕喔喔喔喔！」

「你可以先把吐出來的血擦掉嗎，先生？」

萊涅絲冷淡地應對，處理起眼前的文件。

別看她這樣，大約有三成君主的工作是由她處理，兄長不在時，比例則增加到接近十成。說真的，萊涅絲忙得不可開交。雖然是有時間接待訪客，但她實在連一秒鐘都不想花在這個人身上。

「那麼，我的兄長他不在。有口信我會代為轉達。」

「不是那麼一回事！妳為何沒告訴我，我的摯友韋佛搭乘了魔眼蒐集列車！」

「沒必要告訴你吧？」

「不！作為保管妳的源流刻印與他的抵押品之人——不不，即使只看我們是摯友這一點，這種事情應該有義務向我報告！所以我不是跟妳說過，韋佛的樣子不對勁嗎！」

青年挺起胸膛，一拳敲下去……好像太用力了，他咳得喘不過氣。

畢竟在第四次聖杯戰爭時，為他準備飛往日本機票的人也是你啊。她沒有說出心中的想法。想到不通世故，朋友又極少的兄長的過去，那個時間點或許意外地是決定鐘塔歷史的分歧點。雖然魔術的歷史為了買不買得起機票之類的小事改變是個笑柄，不過表面社會的歷史應該也類似這樣吧。

沒錯。

如今唯一稱呼兄長為韋佛的人物，在兄長繼承艾梅洛教室時，沒有被周遭勢力順手除掉的理由正是他。

他名叫梅爾文・韋恩斯。年齡和兄長一樣三十歲左右，似乎有白化症，長睫毛與頭髮都呈現失去所有顏色的純白。眼睛為淡藍色，英俊得令人不爽的樣貌，就算出現在螢幕上想必也很顯眼。還屬於名門中的名門，三大貴族的分家。若非天生身體虛弱，說不定會晉升到與祭位（Fes）調律師這種極特殊地位不同的位置上。

萊涅絲伴隨著一聲嘆息，緩緩地搖頭。

「很不巧，我也是幾天前才得知他要搭乘魔眼蒐集列車。再說，那輛列車每一張邀請函只允許帶兩名同行者吧。他已經從弟子中挑出兩人隨行，我也如你看到的一樣，忙於辦公。」

「那沒辦法了，我一個人去。」

青年乾脆地接受了。

聽到這句話，萊涅絲也歪過頭。

「啊？一個人去……這樣啊，你……」

「嗯！雖然那場聖杯戰爭與最近的案件發生時，我都因為身體不適無法成行，但最近這陣子我的狀況很好，出門幾天不成問題！」

青年爽朗地露出一口閃亮白牙。

那名青年自豪地炫耀一個白色信封。

「當然，我全力調動我家的資源，請人轉讓了魔眼蒐集列車的邀請函！就算靠我一個人，也得把韋佛撇嘴要哭的表情記錄下來！」

沒錯。

這名青年確實是韋佛的「摯友」。不過，這不代表他自動身為韋佛的「同伴」。若是同伴的話，應該不會將兄長送去參加那種危險至極的聖杯戰爭。在某種意義上，這名青年是比萊涅絲更加惡質的智慧型犯罪者，比費拉特更有自覺的快樂型犯罪者。

「來，動作快！越快越好（The sooner, the better）！號令開始的喇叭已經吹響了！」

神清氣爽的青年——梅爾文大聲地宣告。

在窗戶的彼端，大概是他叫來的直升機捲起了強風。

後記

三田誠

——那一瞥宛若毒箭。

傳播的邪毒，為夜之精髓。

英雄之愛，大神之死，皆如那雙眼眸所望。

魔眼。

這個迷人的小裝置，曾經為TYPE-MOON世界的開幕增添光彩。

「只要活著，即使是神也殺給你看」的直死魔眼，也曾採用為《月姬》、《空之境界》兩部作品主角的異能，「迷倒」了許多玩家。

那同時也是神話的復興吧。

那是稱作人類最古老魔術也不為過的邪眼(Evil Eye)重獲新生的瞬間。我本身在拙作《魔法人力派遣公司》中與魔眼相處將近十年，不過至今依舊深深為之著迷。

正因為如此，我暗自想著總有一天，也想在《艾梅洛閣下II世事件簿》中使用魔眼蒐集列車的設定。也許該說幸運，這個設定沒有用於往後故事中的計畫，我得以像這樣寫出來……咦？你明明在第一集後記說過，「其他人沒有寫艾梅洛閣下II世故事的計畫」，FGO不是舉辦過由他當主角的活動嗎？成年人不是在撒謊，只是偶爾會犯錯。還有，計畫在大多數的情況下都是未定的而已。

那麼，接下來我要透露一點劇情內容。

——以下為劇透——

創作這個事件簿時，本來有意識到TYPE-MOON的舊故事與新故事之間的銜接，這次或許更加強調了那樣的部分。

魔眼蒐集列車本身也是如此，例如在後半段出現的「她」，是以第四次聖杯戰爭作為《Fate／Zero》託付給虛淵玄前，奈須きのこ模糊的構思當作原型。性別不用說，用龍種當坐騎也是出自當時的點子。當然也有除此之外的必然性……這部分我想往後會談到。

卡雷斯與奧嘉瑪麗，還有在書末出現——萊涅絲偶爾略微提及的那位朋友也終於登場了，不過在這方面鐘塔的設定太有分量，我深深感到即使故事積累至此，仍然連一成都沒有完全展現。

和艾梅洛閣下II世這個稀有的角色打交道，感覺就像一頁頁逐步詳查一本極古老又厚實的魔術書。所有人都並非獨自活在世上，但特別是他的情況，被強加於身的君主立場錯綜複雜地交織在一起。

在那個立場當然有可能得知的事、當然會認識的對象光是一字排開，就像蜘蛛網般無盡地蔓延。但願這部小說能在保留謎團吸引力的情況下，逐步解開疑團。

故事終於來到系列整體的折返點。

從這裡將開始進入《艾梅洛閣下II世事件簿》下半場。艾梅洛閣下II世和以格蕾、費拉特為首的艾梅洛教室學生們，究竟會以什麼形式面對案件呢？敬請期待。

最後，每次都拜託你繪製大量新角色設定的坂本みねぢ老師、仔細調查難解的魔術考證的三輪清宗先生、協助整合卡雷斯及奧嘉瑪麗等在多部作品中登場角色的東出祐一郎老師、櫻井光老師與成田良悟老師，還有包括奈須きのこ先生與ＯＫＳＧ先生的TYPE-MOON工作人員們，我在此致上謝意。

下集應該可以在冬季和大家相見。（註：此為日本狀況）

——劇透到此為止——

二〇一六年六月

記於玩《魔法使之夜》時

PS. TYPE-MOON的熱烈粉絲或許會心想「不是魔眼『收集』列車嗎？」，更改用字單
純是考慮到小說的

Kadokawa
Fantastic
Novels

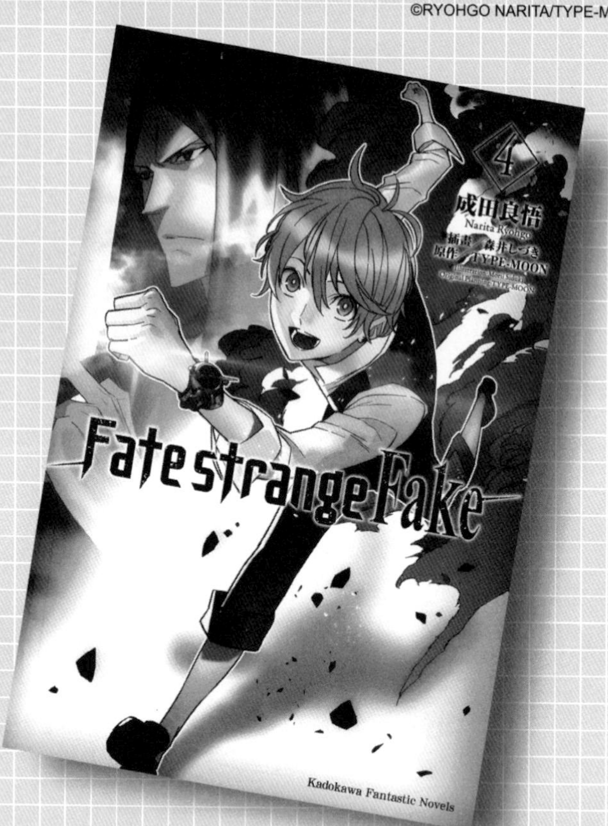

台灣角川

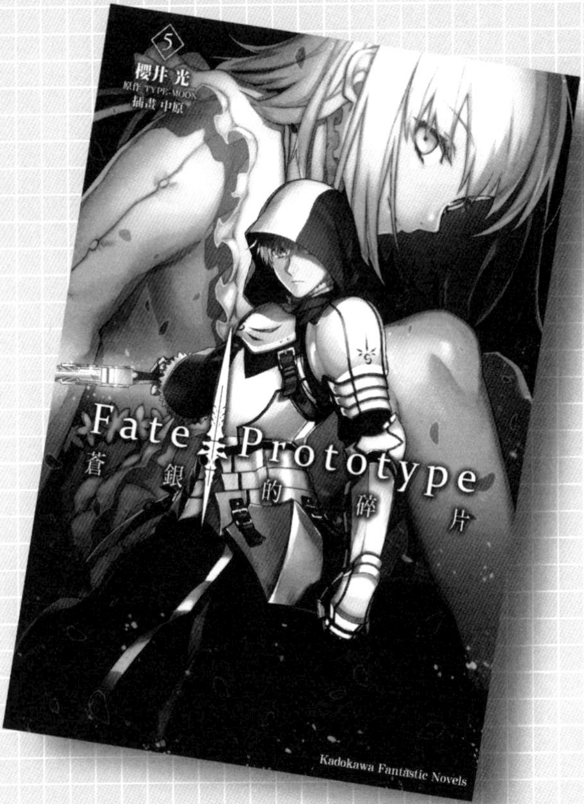

國家圖書館出版品預行編目資料

艾梅洛閣下II世事件簿 / 三田誠原作；K.K.譯. -- 初版. -- 臺北市：臺灣角川, 2019.06-
冊；　公分
譯自：ロード・エルメロイII世の事件簿
ISBN 978-957-564-992-0(第3冊：平裝). --
ISBN 978-957-743-154-7(第4冊：平裝)

861.57　　　　108005637

Kadokawa
Fantastic
Novels

艾梅洛閣下Ⅱ世事件簿 4

（原著名：ロード・エルメロイⅡ世の事件簿 4）

2019年8月1日 初版第1刷發行

原　　作：三田誠
插　　畫：坂本みねぢ
譯　　者：K.K.

發 行 人：岩崎剛人
總 經 理：楊淑媄
資深總監：許嘉鴻
總 編 輯：蔡佩芬
編　　輯：陳凱筠
美術設計：宋芳茹
印　　務：李明修（主任）、黎宇凡、張凱棋

發 行 所：台灣角川股份有限公司
地　　址：105台北市光復北路11巷44號5樓
電　　話：（02）2747-2433
傳　　真：（02）2747-2558
網　　址：http://www.kadokawa.com.tw
劃撥帳戶：台灣角川股份有限公司
劃撥帳號：19487412
法律顧問：有澤法律事務所
製　　版：尚騰印刷事業有限公司
ISBN：978-957-743-154-7